CB057624

A LUA TRISTE DESCAMBA

Copyright © 2012
Nei Lopes

Todos os direitos reservados
à Pallas editora e Distribuidora Ltda.

Editoras
Cristina Fernandes Warth
Mariana Warth

Coordenação editorial e capa
Daniel Viana

Assistente editorial
Daniella Riet

Revisão
BR75 | Aline Canejo

Este livro segue as novas regras do
Acordo Ortográfico da Língua Portuguesa.

CIP-BRASIL. CATALOGAÇÃO NA PUBLICAÇÃO
SINDICATO NACIONAL DOS EDITORES DE LIVROS, RJ

L854L

Lopes, Nei, 1942-
A lua triste descamba / Nei Lopes. - [2. ed.] - Rio de Janeiro : Pallas, 2023.
168 p. ; 21 cm.

ISBN 978-65-5602-101-0

1. Ficção brasileira. I. Título.

23-85232   CDD: 869.3
                                 CDU: 82-3(81)

Gabriela Faray Ferreira Lopes - Bibliotecária - CRB-7/6643

Pallas Editora e Distribuidora Ltda.
Rua Frederico de Albuquerque, 56 - Higienópolis
CEP 21050-840 - Rio de Janeiro - RJ
Tel.: 55 21 2270-0186
www.pallaseditora.com.br
pallas@pallaseditora.com.br

A LUA TRISTE DESCAMBA

Nei Lopes

Pallas

> "Lá vem a aurora rompendo
> E a lua triste descamba
> Ela vai com saudade
> De deixar o nosso samba..."
> (samba de Dona Zica, escola de samba Paz e Amor, c. 1950)

Em memória do jornalista Francisco Duarte (c. 1930-2004), o grande e principal memorialista do mundo do samba urbano carioca nas décadas de 1970 a 1990.

Sumário

11 1. Fala, Nanal!

13 2. "Mário"

27 3. Fontinha

39 4. Lelinho

49 5. Sociedades

61 6. Carnaval

71 7. Vanda

77 8. Arnô

89 9. Estácio

105 10. Embaixadas

125 11. Isaura

139 12. Políticas

151 13. Guerra

157 14. Gurufim

1. Fala, Nanal!

Eles não sabem da missa a metade, gente boa! Aquela mulher não valia nada, era uma bandida! E foi por isso que acabou daquele jeito: tanto fez, tanto procurou, que um dia encontrou.

Agora eles estão aí às voltas com esse enredo dos cinquenta anos; do "Jubileu", como eles dizem. A "santa" vem no altar, no andor, feito uma Nossa Senhora do Samba. E o "herói", aquele mal--agradecido, vem como o "Rei da Cocada Preta". Faça-me o favor!

Ninguém teve a ideia, a consideração mesmo, de chamar um antigo pra falar, pra contar como foi, está compreendendo?

Não sei se vocês sabem: tem mais de trinta anos que eu não vou lá, não passo nem na porta. Mas não custava mandar um convite, uma coisa qualquer, uma telefonema. Não é pra desfilar, não, que quem desfila é soldado. Ainda mais eu, aqui, nesta situação. Mas pelo menos fazia uma presença, mandava um alô, uma cortesia, não é verdade?

Isso se passou tem muito tempo. Mas está tudo fresquinho aqui na minha memória. E nestas horas é que a leitura faz falta!

Essa história, se eu soubesse escrever mais um bocadinho, dava uns dois, três, até quatro livros.

Não que eu não tenha estudo. Mas é que meu negócio sempre foi aritmética, um pouco de álgebra e desenho. Muito desenho. Aí, a escrita mesmo, ficou prejudicada. E essa história, contando tim-tim por tim-tim o que essa mulher fez e aprontou, dava um romance daqueles!

Eles não sabem a verdade, nua e crua. E eu vi tudo. Com pureza d'alma!
Vi como iniciou e como acabou, se é que acabou. Tá tudo aqui, ó! Na cachola. E aqui no peito, também, pombas!
Desculpem... Eu ainda me emociono.

2. "Mário"

Veja bem: pra começo de conversa, ela nunca foi nenhuma santa. Muito pelo contrário. E o nome dele nunca foi "Mário".

E tem mais: aquele pedaço, lá onde ele morava, nunca foi Madureira. Aquilo lá é Turiaçu, gente fina! Tu-ri-a-çu. Quase Rocha Miranda.

"Madureira" é agora, pra vender apartamento. Sabe como é, né? E essa xavecada de "Mário", isso também é coisa de propaganda.

Cá entre nós, patrão, o senhor já viu algum... algum escuro... assim que nem ele, chamado "Mário"? Sabe lá o que é isso? Sinceramente... Só mesmo pseudo... Como é que é mesmo? "Mário Moreno". Vê se pode?! Isso era farol.

E "Mário de Madureira" era mais farol ainda. Como se ele fosse o dono!

Ele veio... sabe de onde? O amigo já ouviu falar em Pavuna? Pois, então! É lá em Deus-me-livre; lá onde o vento faz a curva. E, se hoje é aquilo que está lá, imagina no tempo dele.

O pessoal dele deve ter seguido aquela velha trilha: Paraíba do Sul, Paty do Alferes, Miguel Pereira... Nova Iguaçu, Belford Roxo, Meriti... Pavuna!

Era tudo terra de barão, visconde... Engenhocas de açúcar, fabricando cachaça... Poucos escravos, muitos alugados da Fazenda de Santa Cruz...

Seu Braz Lopes, um velhinho nosso amigo, sabia tudo disso. E me ensinou muita coisa. Ele dizia que os fazendeiros gostavam do café porque o café só exigia terra, não precisava de gente especializada. Só que o café cansou a terra rapidinho. Aí, veio a quebra. Os pretos foram saindo, as terras foram sendo vendidas e loteadas. Mas aí veio o trem:

— *Mesmo que o senhor não venha morar aqui, o senhor estará fazendo um grande negócio. Pode plantar, pode colher, pode vender. O futuro do Rio de Janeiro está aqui. O senhor não está vendo a estrada de ferro? Estrada de ferro é progresso, meu amigo!*
— *É... pode ser...*
— *O Canal da Pavuna está sendo todo dragado...*
— *Mas eu só estou vendo é mato. Mato e água parada. Isso aqui deve ter até doença braba.*
— *Muita coisa ainda precisa ser feita, sim. Mas o governo já vai começar a sanear. Essas terras são preciosas. Preciosíssimas. E, com o Serviço de Malária da Baixada Fluminense, está previsto que, daqui um pouco, começando por Caxias, o número de casos vai baixando até a erradicação completa.*
— *Comprar, só se for pra deixar de herança...*
— *Então? O senhor estará fazendo um investimento, deixando um patrimônio para a sua família. Daqui a alguns anos, isso aqui estará valendo uma fortuna! Muito verde, muita paz, muita tranquilidade. Um refúgio contra o burburinho da cidade grande.*

Um dia, eu fiquei sabendo da história dele. Nego de samba, — sabe como é que é, né? — tudo tem um pé na roça, em Minas, no Estado do Rio... Bisneto, neto e filho de escravo. Tudo veio lá das fazendas: Vassouras, Resende, Além Paraíba, Sapucaia... Quando as fazendas foram falindo — tá compreendendo? —, as lavouras acabando, eles vieram pro Rio, procurar trabalho. Muitos foram ficando pelo caminho: Tairetá, Belém, Iguaçu, Meriti... Mas muitos também vieram e foram se ajeitando pelos morros, onde tinham parentes; que tinham sido escravos ou filhos de escravos nas freguesias de Irajá, Inhaúma, Jacarepaguá...

Chegavam, levantavam um barraco, uma casa de sopapo, se arrumando do jeito que podiam. Ou subiam pros morros perto da cidade ou, quando arranjavam um dinheiro, compravam um lote lá pra cima. Quanto mais longe, mais barato, claro! Dona Clara, Oswaldo Cruz, Fontinha, Bento Ribeiro... E tinha os que vinham pra continuar na roça: Pavuna, Realengo, Bangu... até Campo Grande. E foi assim que veio a macumba, o calango, o jongo e, depois, o samba. Porque, se o patrão prestar atenção, o samba tem muito de macumba, de jongo, de calango. Presta atenção só! Vê se eu não tenho razão.

Então, pelo que eu sei, esse malandro, o... "Mário" veio lá de São João... Pavuna. Veio nessa puxada aí. E tirando onda que era de Madureira.

Agora, eu... Eu nasci na cidade, meus amigos! Na Rua Senhor dos Passos. Conheço a cidade como a palma da minha mão.

Vamos supor que o amigo (ou a senhora) esteja no Cais do Porto; no Armazém 2. Por ali, a pessoa atravessa a rua, entra... Senador Pompeu! Saiu da Saúde, já está na Gamboa, está compreendendo? Não sei se vocês sabem que aquele túnel velho, feio, sujo, que tem ali, por baixo do Morro da Providência, foi o primeiro túnel da cidade. Chama-se Túnel João Ricardo, vocês como jornalistas devem saber. Claro que sabem. E eu aqui ensinando padre a rezar missa.

O estrupício que é aquele viaduto esquisito, também não tinha, não. E a vista que a gente tinha ali era tão bonita!

Se eu disser a vocês que eu tomei banho na Praia do Caju, vocês não vão acreditar. Eu tomava banho, de boia, e meus primos até pescavam...

Tinha uns compadres da minha mãe que moravam lá, numa avenidinha. Seu Oscar e Dona Inácia, um casal de velhinhos muito cem por cento. Mas o velhinho era guloso, uma coisa por demais! Comia uma lata de goiabada sozinho!

Gamboa, Saúde e Santo Cristo até hoje são praticamente uma coisa só. A gente não sabe bem onde acaba um e começa o outro. O Hospital dos Servidores fica na Gamboa ou na Saúde? O Santo Cristo já é mais fácil, por causa do Morro do Pinto, da Rua Sara, do Chocolate Bhering Mas a Providência, que é a antiga Favela, já é Gamboa. E a Central? Ali é o quê?

De formas que eu morava na cidade, por isso conheço aquilo tudo ali. Até o Estácio e o Catumbi.

Com onze anos de idade, eu entrei pro Arsenal de Guerra, como aprendiz. Sabe onde é que é? Não? É no Caju, depois do cemitério. Perto de onde tem o estaleiro dos japoneses. Perto também do Hospital São Sebastião.

Na minha época, aquilo ali era uma beleza! Ainda tinha praia, a gente podia ainda tomar um banho, pegar um siri de puçá. O patrão sabe o que é um puçá? Sabe, claro que sabe. E ainda se pescava uma sardinha, uma cocoroca.

De formas que, com onze anos de idade, eu já estava no torno, como aprendiz.

Era o dia inteiro no Arsenal. Aprendendo o ofício. Mas estudando também: Aritmética, Geometria, Linguagem, Ciências... E, mais tarde, um pouquinho de Inglês.

O estudo lá era puxado, não tinha moleza, não. E, na oficina, o mestre exigia. Mas eu gostava: meu sonho sempre foi ser um bom torneiro mecânico! O torneiro tem que ser artista, moça! Se não, não dá. É claro que o torno faz a peça. Mas a mão do artista é que dirige o torno. E, assim, eu fui indo: quatro anos no ginásio, depois fui pro técnico. Mas aí perdi meu velho, a sopa acabou e eu tive que sair. Mas saí já com uma bagagem formidável, sabendo riscar, desenhar, medir, dividir um círculo, desenhar um triângulo inscrito, um triângulo circunscrito... (...) É... "triângulo circunscrito". Muita gente boa não sabe o que é isso.

A parte da escrita, eu não desenvolvi. Mas na Aritmética e na Geometria eu sou catreta!

Quer ver uma coisa? Vou lhe mostrar como se divide uma circunferência em sete partes iguais, pra fazer um heptágono regular. O heptágono é um polígono com sete lados e sete ângulos, compreendeu?

Ah! Tsc! Não tenho um compasso aqui pra mostrar...

Deixa pra lá.

Mas eu aprendi e nunca mais esqueci. No começo era difícil, mas, depois, foi canja.

É... Mas a vida não foi sopa, não!

Com a falta do meu finado progenitor, eu e minha mãe cortamos um dobrado. E aí eu tive que deixar o aprendizado e arrumar uma colocação.

Minha falecida mãe tinha um bom pistolão, um alto funcionário, chefe de gabinete do Ministério da Viação e Obras Públicas. Naquela época, o ministro era, se não me engano... deixa eu ver... Hummm... Doutor Hermínio... Blanc de Carvalho! Isso! Blanc de Carvalho! Aí, eu entrei pro Lóide, como aprendiz de máquinas. Fiz exame na Capitania dos Portos e embarquei no navio *Tocantins*. Nessa puxada, viajei a costa do Brasil toda, compreende? E estive na

Colômbia, no Panamá, na Venezuela. Só não fui no Paraguai, na Bolívia e no Equador. Vocês sabem por quê? Hein? Ah! Vocês sabem, não são trouxas!

Quando desembarquei, eu vim com uma carta, um atestado, do comandante do navio, que me dava direito a prestar exames pra Escola Naval. Mas sabe como é, né? Marinha de Guerra, a cor não ajudava. Aquele frege que o João Cândido armou lá dentro ainda estava muito fresco, muito recente. Aí, eu fui ser desenhista. Da Imprensa Naval. Graças à minha capacidade. Com muita honra.

Mas aí, eu tive lá uns probleminhas. Perseguição pura! E tive que sair.

Então, tudo ficou mais difícil. Mas o que que vai se fazer? A gente tem que se adaptar, não é mesmo?

Então, como eu ia dizendo, perdi o emprego. E aí... adeus, viola!

Eu e mamãe, ela viúva, cortamos uma volta: a gente tinha que se virar de tudo quanto era jeito. Mas como eu já tinha um esquemazinho, um expediente, que era entregar as apostas do bicho pra uns velhinhos meus vizinhos, fui por aí.

Naquele tempo, o jogo do bicho era feito nas vendas, nos botequins, no comércio. E quem bancava eram os próprios negociantes.

O meu jogo, eu fazia na esquina de casa. Mas aí eu soube que na Rua do Ouvidor tinha lá um tal de Seu Avelino que pagava melhor que os outros.

— *O senhor é que é o Seu Avelino?*
— *Aqui não táin outro, pois não? Qual é o prublema, ó miúdo?*
— *É que eu entrego lista pra um pessoal meu vizinho e...*
— *Cá neste estab'licimento, aceitamos qualquer aposta.*
— *Como é que o senhor paga?*

— Comigo é um por vinte e quatro. Jogou um tostão no milhar, vai abiscoitar dois mil réis e quatrocentos.
— Poxa! O senhor paga mais que o Seu Miro...
— Bah! Aquilo é um unha de fome, m'nino. Um canguinha!
— Olho grande!
— E eu, aqui, ainda pago mais cinco por cento sobre o valor de todas as apostas, dividido p'los filizardos.

Seu Avelino era um portuga boa praça. Parceirão. E aí eu firmei ponto com ele. Todo dia eu ia lá levar o jogo da minha freguesia. Que foi aumentando, porque eu comecei a ir buscar mais longe ainda.

Fiquei nisso um bom tempo e ganhei um dinheirinho bom, que eu dava pra minha mãe, mas sempre guardando um pouquinho. Minha ideia era abrir uma banca, pra eu mesmo bancar o jogo. Sem minha mãe saber.

Até que, um dia, encontrei ela chorando. Por causa de umas joias, as últimas, que iam pro leilão, na Caixa Econômica, e ela não tinha como tirar do prego.

Não falei nada. Fui lá dentro, num cafofo que eu tinha, peguei, cheguei lá e dei a ela um conto e quinhentos.

— Toma, mãe! Vai lá e pega teu ouro.
— Minha Nossa Senhora! Mas... como?
— É nosso, mãe. Eu juntei.
— Mas... onde é que tu arranjou esse dinheiro, Nanal?
— Com Seu Avelino, mãe!
— Isso tudo?
— São minhas economias.
— Como assim?! Ninguém junta tanto dinheiro assim trabalhando no comércio.
— Mãe... É que...

— *Já sei! Não precisa me dizer mais nada! Esse galego está te botando no mau caminho, Nana! Toma esse dinheiro amaldiçoado e vai lá devolver pra aquele patife, desencaminhador de menores! Vai! Anda! Antes que eu dê queixa no distrito!*

Nesse dia, minha mãezinha cortou minha carreira. E, envergonhada, como ela dizia, resolveu se mudar. Ainda mais que, com as obras do Pereira Passos, cada vez era mais difícil morar barato na cidade.

Foi assim que eu mudei de ambiente. Da cidade pra Madureira. Do Largo da Carioca pro Largo de Campinho. Da Central pra Oswaldo Cruz, pra Fontinha.

Mas, cá comigo, eu pensava: "Um dia ainda vou ganhar muito dinheiro, ainda vou ser rico; mesmo morando num lugar atrasado."

⁓

Tem nego que diz que na Fontinha ainda tinha índio naquele tempo. Mas isso eu nunca vi. Tinha aquele tipo de caboclo, assim, queimado, beiçudo e de cabelo pretão, escorrido. Inclusive, tinha um lá que, quando tomava umas brasas, roncava, batia no peito e dava aquele brado:

— *Eu sou filho de caboclo do mato com italiana!*

Filipão era o nome dele, agora me lembro. E lembrar é muito bom, porque lembrando a gente faz as pessoas viver de novo, compreende?

Filipão era do samba também. Mas gostava mais era da curimba. Vocês sabem o que é curimba?

Claro que sabem!

De formas que índio, lá, só o povo do Filipão. Mas africano ainda tinham alguns, sim. E eu gostava era de escutar eles conversando, trocando língua, "desengomando a indaca", como eles diziam:

— *Íssu mêmo! Quando io tavo ni meu tera, comia garinha cum fúnji, fumavo meu cangonha, detavo ni tarimba, drumia sono dispoi di arimoço... Ni tera di baranco, foi só tarabaiá, tarabaiá, tarabaiá...*
— *Dento di senzara tinha buraco assim, qui nóis fazia cunena ali ni buraco. Ali tinha tomem poricaiada, munta cantidadi pôrico, intons aquêri poricaiada cumia turo aquêri côza qui jogavo ali. Caía gênti ali, pôrico cumia tomém. I matavo aquêri pessoa.*
— *Era memo íssu! Baranco dizia; preto fruta garinha, fruta saco di fejão. Nóis non frutava. Quem frutava era fio di sinhô barão. Nóis era cêto no camutuê, no cabeça. Era só tarabaiá, tarabaiá, tarabaiá.*
— *Ê-ê! Io tavo durumindo iscutei aquêri grugunhado: roinc, roinc, roinc... Io levanto di tarimba e foi nu cericado vê côza que tavo cuntecendo...*
— *Pôrico tavu comeno cazuza. Eri tinha feto maufeto i sinhozim mandou jugá êri pru poricaiada cumê.*
— *Bixo múntu barabo!*
— *Pôrico barabo, sim!*
— *Não! Sinhô barabo, sinhá baraba!*
— *Baranco i pôrico tudo memo côza. Hum-hum!*
— *Mai Cazuza fazia maufeito. Quizicava cum candengue di Sinhô Véio.*
— *Ê, ê!*

De maneiras que, como eu ia dizendo, primeiro vieram os antigos escravos, seus filhos e netos das fazendas de café, do Vale do Paraíba, do interior de Minas. E das fazendas daqui também, de Campo Grande, Santa Cruz, Guaratiba, Itaguaí... E com eles foi que veio o tipo de comida que a gente comia aqui: feijão, angu, couve e torresmo. Lá em casa, não, que nós viemos da cidade e minha mãe era uma cozinheira de mão-cheia. Mas eles comiam era isso mesmo.

Quer dizer, eles não comiam mal: comiam comida de sustança, mas no dia a dia era comida simples. Dia de festa, não! Era diferente! Matavam galinha, porco. Tinha uma família lá, que era a do Seu Diocleciano; com eles, foi que eu aprendi a matar porco.

Porque matar porco também tem uma ciência e tem que ter uma sequência organizada. Primeiro, é o abate propriamente dito. E é bom o magarefe, o elemento encarregado dessa função, ter sempre duas ou mais pessoas pra imobilizar o animal, compreendeu?

De formas que, com o bicho morto, a gente queima o pelo, joga álcool, taca fogo e, depois, raspa bem, com faca. Aí, limpa bem a pele, com caco de telha. Então, abre o corpo, tira os miúdos, arruma tudo direitinho, cobre com folhas de bananeira, pra refrescar e não dar mosca... A gente fazia assim porque não tinha geladeira, está compreendendo? Hoje em dia, não precisava. Mas também, hoje em dia, ninguém mais mata porco, já compra a carne limpinha. E mesmo carne de porco agora nem mesmo em dia de festa se come mais. Dizem que faz mal. Pode?

O que eu estou contando é coisa de um tempo que, quando alguém tinha geladeira, era só daquela de botar gelo dentro. E isso era no Rio de Janeiro, hein!

Não! Vocês não são desse tempo!

Mas, como eu ia dizendo, aí limpinho e coisa, o bicho já estava pronto pra ser temperado, recheado e assado. Se fosse um leitãozinho. Porque, quando era grandão, gordo, cevado, aí era a hora de cortar a pele, tirando a gordura — que era derretida pra fazer banha; e se cortava em pedaços outra parte, pra fazer torresmo. Aí, então, o magarefe e os ajudantes esquartejavam o bichão. Isso no mesmo lance em que outra pessoa lavava as tripas, muito bem lavadinhas, pra fazer linguiça. Os miolos eram fritinhos e comidos com farofa. E isso era a alegria da meninada! Era a festa!

Porque os nego que vieram da roça eram bons de festa. Quando faziam batuque, durava a noite inteira! Se ouvia longe!
Da mesma forma que se ouvia, longe também, o trem chegando. E também, lá pras bandas de Dona Clara, o terno de choro, com a flauta chorando, o cavaquinho centrando, e o violão repicando as baixarias. E isto, principalmente na casa de Seu Lima, um carteiro que era doido por violão e modinha.

☙

Fontinha ia quase no Valqueire. E a estação, por nome "Rio das Pedras", era uma casinha assim de nada, com uma plataforma estreitinha.

Aliás, naquele tempo era tudo mirradinho, estreito, pouca gente, mesmo na cidade... Até que vieram as obras de Pereira Passos, botando tudo abaixo, abrindo ruas, despejando quem não tinha condição. Muita gente foi morar na Favela, na Providência, no Livramento, no Morro do Pinto. Mas minha mãe já estava cansada, coitada; e esse negócio de subir ladeira puxa muito pelo corpo, meu amigo! Foi nessa, então, que eu fui pro subúrbio. Só com a minha mãe, já sem meu velho. Morar na casa de uma portuguesa.

— *A senhora é que é a Dona Alzira, que tem um quarto pra alugar?*
— *Pois, não! É aqui mesmo.*

— Como é o...
— Ora, faça-me o favor de entrar.
— Com sua licença.
— Olhe, o quarto é muito a gosto. E mo' marido só está a alugar... porque, hoje em dia, está tudo muito difícil. Faz favor, por aqui. É pra você sozinha, minha rica?
— Eu e meu filho. Sou viúva.
— Ah! Mas tão nova! Meus sentimentos.
— Obrigada.
— Pois, olhe aqui. Não bate muito sol, mas tem boa claridade. Não corre muito ar, mas tem uma fresquinha boa. Faz favor.
— E por quanto a senhora faz?
— Olhe cá; pelo preço que vou-lhe fazer, não se encontra melhor nem na Piedade. A distinta vem de onde?
— Da cidade. Rua Senhor dos Passos. A senhora conhece?
— Ora, pois não! Estão a botar tudo abaixo por lá...
— Diz que só vai ter comércio, teatro, confeitaria... E o povo pobre está tudo tendo que sair, subir pros morros. Mas quem gosta de morro é cabrito, não é?
— Cabrito? Ah! Esta é de truz! E tem senso; quem sobe morro é cabrito.
— Mas... quanto a senhora faz?
— Pra lhe dizer a verdade, eu e o mo' marido não estávamos dispostos a alugar. Mas o governo que aí está anda mal das pernas, e a carestia come tudo o que se ganha. A senhora sabe. Cinquenta está a gosto?
— Não! É pesado, minha senhora...
— Alzira Louvarinhas, ao vosso dispor.
— Pra mim, é pesado, Dona Alzira.
— Não seja por isso. Tudo aqui se arranja. E eu gostei da sua pessoa. Faço por trinta e cinco. Vá lá. Mas a senhora e o seu filho. Quantos anos ele tem?

— *Dezessete.* [Mamãe sempre diminuía minha idade]
— *Já é um homem! Trabalha?*
— *Trabalha.* [Mamãe sabia que não]. *E estudava, mas teve que parar...*
— *Mas a senhora e o seu filho vão me prometer uma coisa...*

Como, na cidade, tudo o que lembrasse africano e escravo era malvisto, o povo que sobrou daquele tempo se sentia mais à vontade no subúrbio. Lá — e quanto mais pra dentro melhor: Areal, Barro Vermelho, Sapopemba, Pavuna... — é que eles podiam bater suas curimbas, seus batuques, seus jongos; tomar seu marafo sossegado; cozinhar seu angu no fogão de lenha. Foi assim que muitas pessoas de cor, da cidade, passaram a frequentar Jacarepaguá, Irajá, Inhaúma... Mesmo porque muitos tinham parentes ou conhecidos nesses lugares: nego que já tinha vindo das fazendas do interior, procurando trabalho, depois que o cativeiro acabou.

Nos dias santos, nos feriados, nas festas, é que a gente via bem isso. E notava pela roupa, que era a melhorzinha, a "da missa", como diz o outro.

Aí, o elemento passava a gostar e a se acostumar com o ritmo do subúrbio, que era muito mais vagaroso, mais calmo. Então, acabava se mudando.

Pois bem: naquela época, lá onde passa hoje a Avenida Suburbana, lá era a Estrada Real. Ela vinha de lá de São Cristóvão e ia até... Santa Cruz. Era uma estirada! Cortava o subúrbio quase todo. E no caminho, nas margens, ramificando pra dentro, era só aquelas estradas de terra: a de Irajá, a do Areal, a de Jacarepaguá, a dos Afonsos... Ainda tinha muita chácara, muita coisa daqueles engenhos e fazendas antigas, com aqueles terrenos grandes, as casas no meio, os quintais cheios de pé de árvore: mangueira, tamarineira, jambo, sapoti, abiu, abricó...

Você gosta de abricó?

Não conhece? Ah! É uma delícia! Quer ver só? É o mesmo que damasco. Mas, de fato, é uma fruta que sumiu daqui. Como o abiu também.

Mas, como eu ia dizendo, era uma tranquilidade! Acordar com os galos cantando, escutar de noite os cachorros latindo e o apito do trem lá longe...

As linhas de trem eram quatro: a da Central, a Auxiliar, a Rio D'Ouro e a da Leopoldina. E tinha o bonde também. Primeiro, puxado a burro; depois, já movido a eletricidade.

Pois esse foi o ambiente que eu e a minha senhora mãe encontramos, quando saímos da cidade e fomos morar lá na Fontinha, estação de Rio das Pedras, depois Oswaldo Cruz. Que ganhou esse nome depois da morte do grande cientista, em 1917. Porque antes se chamava Rio das Pedras. Esse foi o ambiente que nós encontramos.

— *E eu gostei da sua pessoa. Faço por trinta e cinco o aluguel. Vá lá. Mas a senhora e o seu filho... Quantos anos, mesmo, ele tem?*
— *Dezessete.*
— *E trabalha, não é?*
— *Trabalha. E tem estudo.*
— *A senhora e o seu filho vão me prometer uma coisa...*

Minha mãe era filha de índio. A mãe dela foi pega a laço no mato. Mas a portuguesa achava que a gente era preto.

Preto era o "Mário". Que nunca foi de Madureira.

3. Fontinha

Muito que bem! Então, como ia dizendo, eu cheguei na Fontinha na flor da minha mocidade. E, como já tive ocasião de frisar, Fontinha, naquela época, também era roça. Roça mesmo, de gente andando a cavalo, carregando coisa em carro de boi. Tinha curral, horta, valão, casa de sapê... Tinha festa na igrejinha, com barraquinha, fogos.

Os enterros iam pra Irajá muitas vezes a pé, o pessoal se revezando pra carregar o caixão. Comércio era uma vendinha ali, uma quitanda aqui. Quase tudo era chácara. Ou então avenidinha, com um correrzinho de casas. A maioria morava assim.

Aquele negócio de um tereninho com uma casa por dentro da outra, levantada de qualquer jeito, todo mundo de olho na vida de todo mundo, isso foi só depois que começou a aparecer.

Diversão, pro pessoal melhorzinho, era a missa, a igreja, a festa em casa de família. Que nem sempre se podia convidar todo mundo. E pros pretos, mesmo — não digo os morenos como nós —, pros pretos, pro pessoal que vinha do Estado do Rio, de Minas, do Espírito Santo, pra esse pessoal, era o batuquejê, o canjerê, o calango, o caxambu. Samba, não tinha não!

Tinha violão, cavaquinho, flauta. Mas aí era o choro.

E a igrejinha, claro, com aquelas festinhas. E tinha ainda os bíblias, domingo de tarde, cantando aquelas músicas e dizendo que o mundo ia se acabar. Era diversão também, ué?!

Porque... vou lhe dizer uma coisa: antes de Getúlio, o Brasil era muito atrasado: era só paulista e mineiro que mandava. Não tem aquela história de "São Paulo dá café e Minas dá leite"? Pois é! Os fazendeiros de café e os criadores de gado é que mandavam. E mandavam daqui, que era capital. E a gente aqui não dava nem samba.

E digo mais: lá na área deles, era aquilo que a gente sabe, um atraso só. Fazendeiro usava a fazenda pra ganhar dinheiro, é claro. Mas na hora do bem-bom vinha pra cidade grande, e principalmente pra cá, pro Distrito Federal. Aí, as cidades, São Paulo, Belo Horizonte, São Salvador, elas cresciam e coisa e tal, mas o sertão ficava parado.

Vê só! O sertão trabalhava pra cidade, e a cidade não fazia nada pro sertão. Getúlio veio pra mudar isso. Ele queria que o sertão crescesse também, tivesse fábricas, estradas, progresso. E que a cidade ajudasse o sertão a se desenvolver. Inclusive pro pessoal não ter que sair de lá dos cafundós do Judas, lá de caixa-prego, pra poder ganhar o pão de cada dia.

Vou dizer mais ainda, não me leve a mal: se as ideias de Getúlio tivessem vingado, o Brasil não estava assim como está, não! Porque a Revolução de 1930 foi mesmo pra valer. Tanto que é assunto até hoje. Até mesmo em Brasília.

— *Vossa Excelência deveria saber que só com a Revolução de 1930 é que o país ingressou efetivamente no mundo capitalista! E o incremento das relações capitalistas foi que propiciou o crescimento da burguesia nacional e o desenvolvimento do proletariado!*

— Mas isso, se efetivamente ocorreu, foi com o aparelho do Estado usurpando o poder do povo, Excelência!
— Apoiado, nobre Deputado! O que de fato caracterizou essa revolução foi a extinção dos partidos políticos, a censura aos meios de comunicação e aos livros, a aproximação com o fascismo e o nazismo!
— Entretanto, Vossa Excelência esquece que foi nesse contexto que nasceram o Conselho Nacional do Petróleo e a Companhia Siderúrgica Nacional.
— Que nasceram sob o signo da dependência ao capital norte-americano. O Brasil deixou de ser devedor da Inglaterra para dever aos Estados Unidos.
— Esta Casa precisa compreender que Getúlio foi um ditador sanguinário! Os cárceres de Filinto Müller regurgitavam de intelectuais, artistas e pensadores presos apenas por delitos de opinião!
— Apoiado, nobre Deputado! Esse homem, com aquele sorriso cínico, foi um Mussolini de bombachas!

༶

O velhinho foi formidável! Bonzinho ele não era, mas também não era nenhum bicho-papão. Não era um Rui Barbosa, um Joaquim Nabuco, uma sumidade. Tinha cultura e tal, lia seus livros, fumava seu charuto... Mas o que ele era mesmo é esperto. Isso ele era.

Deu lá suas mancadas, compreendeu? Como no caso do Pedro Ernesto.

Aliás, teve um Carnaval, já mais pra cá, que a turma lá do Salgueiro fez uma homenagem muito bonita. O samba era do Duduca, do Bala e do Juca, tudo meus considerados. Escuta só que bonito:

"Exaltando
a vitória do samba em nosso Brasil

recordamos
o passado de infortúnio quando o qual surgiu
porque não queriam chegar à razão,
eliminar um produto genuíno da nossa nação.
Foi para a felicidade do sambista
Que se interessou por nosso samba
O eminente Doutor Pedro Ernesto Batista
Que hoje se encontra no reino da Glória,
Mas deixou na terra
Portas abertas para o caminho da vitória.
O-ô-ô-ô-ô-ô-ô-ô-ô..."

Não é uma beleza?

Pois, então: o Doutor Pedro Ernesto era médico e revolucionário. Um homem muito peitudo. Em 1930, quando a Revolução ganhou, Getúlio botou ele como interventor. Depois, com aquele negócio de bolchevista, vermelho, comunista, Getúlio... Créu!

Mas ele foi o primeiro prefeito eleito do Distrito Federal. E era amigo do povo, mesmo! E era um sujeito muito simples! Ia no morro, no subúrbio, apertava a mão da gente, tomava café na caneca...

Esse homem fez muita coisa boa. Principalmente pelo Carnaval. Ele foi o primeiro a compreender que o Carnaval chamava o turismo. Foi com ele que o samba começou a ganhar respeito, e o povo do samba começou a chegar no rádio.

De formas que Pedro Ernesto, como prefeito, botava na prática as ideias do governo de Getúlio: valorizava o que era brasileiro e popular, na música, no folclore, em tudo. Nas escolas, as crianças não só aprendiam os hinos, as cantigas da tradição, como aprendiam também a ler as cabeças de nota, a estudar na pauta, a conhecer os compassos, a solfejar.

Se Getúlio estivesse vivo... É... Mas, agora, ele já ia estar com mais de cem anos. Ele era de... Não tem aquele samba da Mangueira, do compositor Padeirinho? *"No ano de 1883/ no dia dezenove de abril/ nascia Getúlio Dornelles Vargas/ que mais tarde seria o governo do nosso Brasil..."* Samba de enredo é bom por isso!

Mas, como eu ia dizendo, Fontinha, naquele tempo era roça. E eu vinha da cidade. Aí, as pequenas... Sabe como é, né? Vocês me entendem.

— Tu já viu, Isaura, o mulato que está morando no 46?
— Vi assim por alto.
— Ah, tu não sabe o que tá perdendo. É um pedaço de mulato. Muito bem apanhado.
— Credo, Miloca! Tu tem um fogo, hein? Não pode ver homem. Homem é tudo igual, menina.
— Ah! Mas esse, não, minha nega! É da cidade. Parece que tem profissão. E tem estudo. Já pensou, Isaura, se eu fisgo um peixão desses?

A Isaura morava perto da minha casa, na Estrada da Fontinha. Era uma pequena muito decente, compreendeu? Sinceramente, não sei como é que foi aquilo, depois. Só pode ter sido más companhias. O pai dela, Seu Nascimento, era um homem muito severo, muito sério, trazia os filhos ali num cortado. E a mãe, Dona Umbelina, era uma senhora muito boa, uma pomba sem fel. Pra eu chegar, mesmo, a falar com ela, tive que cortar um dobrado.

— Eu tenho uma simpatia muito grande pela sua pessoa, Isaura.
— Por mim? Como é que você sabe o meu nome?
— Tua coleguinha me falou.
— Coleguinha, qual?

— *A Miloca.*
— *Miloca é um caso sério. É muito saída, cruzes!*

❧

De formas que… namoramos. Namoro sério, mesmo. No portão e depois na sala de visita. Terça, quinta, sábado e domingo, de sete às nove e meia. Mas antes eu pedi consentimento ao pai. Que depois morreu, de um colapso fulminante. Deus o tenha!

Isaura era uma pequena muito caseira, muito presa, bobinha mesmo! Não conhecia nada, não tinha quase colega nenhuma, só vivia dentro de casa… Era meio sistemática.

Imaginem vocês que ela nunca tinha tomado um sorvete, nem ido a um cinema, nem tomado um banho de mar. Tudo isso ela só viu e provou, pela primeira vez, foi com o papai aqui: eu é que levei.

Uma ocasião, cheguei lá, mandei ela se arrumar pra gente ir à Beija-Flor, na estação de Madureira, ver uma fita que estava passando. Quando entramos no cinema, a criatura ficou escabreada.

— *Mas… é muito escuro, Juvenal!*
— *Quando começar a fita, você vai gostar, Zaurinha.*
— *Cruz credo! Como é que você me tira da minha casa pra me botar num quarto escuro?! Que foi que eu te fiz?*
— *Peraí, Isaura. Olha, vai começar. Olha só! Não é bonito?*
— *Mas isso é letra. Que que tá escrito aí? E que graça tem isso?*
— *Olha agora! Começou. Essa aí é a mocinha.*
— *Mocinha? Isso deve ser mais velha que a Tia Velina…*
— *Mocinha é o modo de se dizer, Isaura. É o papel dela, de artista principal.*
— *Tsc! Branca azeda…*

— *Vê agora: esse deve ser o mocinho.*
— *Simpático. E o que que ele está falando pra ela?*
— *Está falando aquelas coisas que namorado diz pra namorada.*
— *Só conversa-fiada, né?*
— *Isaura...*
— *Quer saber de uma coisa, Juvenal? Isso aqui é um estrupício. Muito cacete, compreende? Eu quero ir me embora.*

Tadinha! Ela tinha bronquite; e pra ela não era bom ficar em ambiente fechado. Aí, saímos, e coisa... fomos tomar um sorvete.

Naquela época sorvete era aquela raspa de gelo, com xarope colorido por cima, no copinho de papel. Mas era gostoso.

— *Coco? Baunilha? Groselha? Qual que você quer?*
— *Eu, hein?! Que que é isso? Você vive inventando moda!*
— *É o sabor, o gosto de cada um dos sorvetes, Isaura.*

Acabei eu mesmo escolhendo. E o garçom trouxe, em duas tacinhas de prata, com as colherinhas.

Vocês talvez não saibam, mas, no subúrbio, naquela época, já tinha sorveteria, com aquelas mesinhas e aquelas cadeirinhas de vime e tudo. Tinha em Ramos e Olaria, que eram os chiques da Leopoldina; e tinha em Madureira também.

— *Que horror, Juvenal! Isso é muito frio. Doeu lá na raiz do meu dente. Foi pra isso que você me trouxe aqui? Pra machucar minha boca? Faça-me o favor...*
— *Quer um refresco de groselha?*
— *Não!*
— *Um guaraná champanhe?*
— *Droga, Juvenal! Eu quero é ir pra casa.*

Ela era meio sistemática. Mas, pra mim, aquele nervoso, aquela coisa toda era falta de casamento. Mas a gente ia se casar. Enquanto isso, era só eu ir tenteando, levando em banho-maria, tomando uma fresca. Foi nessa que eu levei ela à praia. Pela primeira vez.

Era um daqueles piqueniques em Paquetá, num feriado de 7 de setembro; "Piquenique da Independência". Era uma tradição daquele tempo. E a moçada caía dentro.

Cada família com o seu farnel, muita comida, muita bebida... e o samba comendo solto.

A gente virava Paquetá de pernas pro ar. Fazia tudo a que tinha direito.

Então, dessa vez, ar livre, dia bonito, sol e coisa, ela gostou do passeio. Gostou até demais. Mas, como nunca tinha bebido e entrou na cerveja e no vermute direto, sem comer nada, acabou ficando daquele jeito. Tadinha! Uma outra pessoa!

— *Orgulho, hipocrisia e vaidade! Isso é que vocês são! Eu prefiro a malandragem, a orgia. Não tem vida melhor! Hipocrisia! Eu sei que vão censurar o meu proceder. Mas quer saber de uma coisa? Eu quero é nota! E estou cagando pra vocês todos aí!*

Já no finzinho da tarde, veio a barca e eu arrastei ela. Que veio morgadona, apagada, dormindo no meu ombro. Não sem antes botar tudo pra fora e sujar meu linho branco todo. Coitada!

Dali a um tempo, a mãe dela ficou viúva, igual à minha. Depois de um ano mais ou menos, nós ficamos noivos, de aliança, e marcamos o casório. E, aos pouquinhos, nós fomos comprando o enxoval.

De maneiras que a gente ficava ali juntos, conversando, escutando o rádio. Dona Umbelina, a senhora mãe dela, trazia um café, um pedaço de bolo, às vezes eu levava um doce, uma coisa e outra — ela adorava queijadinha! —, a gente ia levando. Fazendo planos pro casamento.

Hoje em dia, o elemento casa até de bermuda: dez, vinte casamentos de uma tacada só, no cartório. Naquele tempo, não! Casamento era uma coisa muito séria, tinha muita formalidade, muita cerimônia.

De um modo geral, começava com o civil, na "pretoria", na Rua Dom Manuel, quase sempre na véspera do religioso. Uns dias antes, a moça mostrava às vizinhas e às colegas o "quarto da noiva". E esse quarto, quanto mais enfeitado e arrumado, mais mostrava o capricho da pequena que ia casar.

O casório, no religioso, de véu e grinalda, era quase sempre no sábado de noitinha. E começava com a saída da noiva e o acompanhamento, numa fila de carros de praça. Essa saída era muito esperada pelas vizinhas que não tinham sido convidadas, que se aglomeravam no portão da casa, cochichando, cutucando umas às outras.

— *Olha lá! Não te falei? Tá barrigudinha ou não tá?*
— *Ela sempre foi meio balofa! Será que tá mesmo?*
— *E pelo jeito é menino, olha só! Barriga pontuda.*
— *Gostei foi do véu. É o mais barato. Eu vi na vitrine da Casa Almir.*
— *Gente pão-dura!*

De formas que, quando o carro da noiva voltava da igreja, todo enfeitado e iluminado, era outra aglomeração no portão da casa. E a noiva era recebida com uma chuva de grãos de arroz.

Aí, os homens tiravam paletós e gravatas, as mulheres tiravam os sapatos apertados, e a festa começava. E, no quarto da noiva, a cama do novo casal se enchia de presentes.

Pois era assim que eu e ela imaginávamos o nosso casamento. O dinheiro era pouco, mas o padrinho dela era oficial de justiça e coisa e tinha prometido ajudar. E a gente ia levando.

Mas um belo dia, uma quinta-feira, eu chego lá e encontro a mãe dela passando mal, as vizinhas esfregando vinagre nas frontes dela, aqui dos lados (lá nela) e dando pra ela cheirar.

— *Você não sabia, não, Juvenal? Todo mundo pensava que você...*
— *Mas... o que foi? O que aconteceu?*
— *Isaura foi embora.*
— *Embora pra onde?*
— *Ninguém sabe! Ela fugiu.*
— *Fugiu por quê? Pra quê?*
— *Fugiu com um homem, Seu Nanal.*
— *Mas...*
— *Diz que é um malandro lá de baixo, da cidade.*
— *Não vale nada! É um mau elemento, um vigarista...*
— *Um rufião, um proxeneta, um cáften...*
— *Lá de baixo. Do Estácio...*

Aquilo caiu na minha cabeça como uma bomba. Não sei como é que eu não tive um derrame, meus amigos! Três anos ali, naquele respeito, naquela amizade, acreditando nela, achando ela a mais sincera das criaturas, comprando as coisinhas pro enxoval, com o maior sacrifício! Já imaginou? Eu pensava que tudo ia dar certo, a gente casado pra sempre, envelhecendo juntos, amigos, companheiros; compartilhando as vitórias e as derrotas... Mas de repente...

Tinha, sim, a diferença de idade. Doze anos. Mas isso com o tempo vai se desfazendo, não é mesmo? Quando eu chegasse aos sessenta ela ia ter quarenta e oito. Os dois veteranos, compreendeu? Mas aí aconteceu esse desastre. Não foi brincadeira, não, minha amiga! Eu fiquei bombardeado. E o pior é que só muitos anos depois é que vim a saber quem era o pilantra, o safado, o desencaminhador. Aliás: os desencaminhadores. Porque ele teve uma cúmplice nessa história. Depois eu soube de tudo. Com todos os detalhes. E aí eu só pensava em ir às forras, me vingar de qualquer jeito. Não dela. Pra dizer a verdade, quem tinha menos culpa nisso tudo era ela! Naquele tempo, ela era inocente; foi iludida, coitada!

Eu queria ir às forras era dos dois que me fizeram aquela covardia, que me apunhalaram pelas costas. Ela, coitada, era uma infeliz, não tinha maldade nenhuma. E eu tinha certeza de que, se eu conseguisse chegar lá, qualquer que fosse o lugar onde ela estava, eu conseguia trazer ela de volta. E aí a gente casava.

Porque, sinceramente, eu nunca deixei de gostar dela. Até hoje. E ali, naquela situação, foi que eu vi, foi que eu passei a dar mais valor aos meus sentimentos.

Botei essa ideia na cabeça mesmo: acabo com a raça de quem fez a maldade e refaço a minha vida com ela. Era só uma questão de tempo. E, enquanto isso não acontecia, eu ia tocando o barco. Afinal de contas, naquela época eu ainda tinha meus camaradas.

Não vou dizer "amigos" porque amigo, mesmo, é muito difícil. Mas tinha os camaradas mais chegados, como o Dilermando e esse que depois virou "artista" e virou Mário. E tinha também o Lelinho. Mas esse... é outra história.

4. Lelinho

O Lelinho, eu conheci ainda no Arsenal. Ele era um pouco mais novo que eu, mas era da mesma turma. E sempre foi... como é que vou dizer?... Sempre com aquele jeitinho dele, lá. Era esquisito aquilo.

A escola de aprendizes era só de homem. Então, moleque assim daquele jeito, delicado, parecendo menina, o patrão já viu, né? A senhorita compreende... De formas que, moleque delicado, na escola, virava "pele", como se dizia lá. "Pele" é aquele cara que, como se diz hoje, todo mundo encarna nele, debocha... sacaneia — desculpe a expressão! Mas o engraçado é que com o Lelinho não acontecia isso, não. Sei lá. Tinha um negócio lá nele que não deixava a gente fazer ele de "pele", não. E não era pena, dó, nada disso. Era uma coisa que tinha com ele, que impunha respeito. Podia até ser coisa de santo, como se diz; não sei, que eu não entendo dessas coisas. Mas tinha lá um negócio diferente. E eu acabei virando um grande amigo dele. Amigo, mesmo, de ele desabafar. E ele também nunca me faltou com o respeito.

Mais tarde, escutei muita gente falar mal dele, que era isso, que era aquilo. Mas eu nunca tive um "isso" pra dizer dele. Nem ele de mim, tenho certeza. De formas que nós sempre fomos grandes amigos. E, no final, só não ajudei, mesmo, porque não tinha condições. Minha vida também sempre foi muito sacrificada. Não era aquela pindaíba braba, mas era pouco; e tudo contadinho.

O triste é que o Lelinho dançava muito, mas muito mesmo; e acabou daquele jeito. Sempre quis ser bailarino. Mas não conseguiu realizar esse sonho direito. Dançou na Irmãos Unidos, chegou a dançar em teatro; mas não deu. Primeiro porque era pobre. E pobre tem mais é que trabalhar desde cedo pra ajudar em casa. Segundo, porque era de cor. E gente de cor, em teatro, ainda mais dançarino, é aquela coisa. Agora nem tanto, que tudo está muito mudado. Mas naquele tempo... hummm... preto, em teatro, só como palhaço, como Benjamim, Dudu das Neves. E, assim mesmo, tinha que pintar a cara de branco. Ele meteu os peitos. Mas não conseguiu, coitado, chegar nem na metade do caminho.

Lembro que uma vez ele me contou que desde criança, bem pequeno, ele tinha esse sonho de ser dançarino. Desde piquititinho.

— *Mãe, eu quero entrar pro teatro. A senhora me bota?*
— *Que que é isso, menino? Deixa de inventar moda! De onde é que você tirou essa ideia?*
— *Tá aqui na revista, mãe. Um garoto que canta e dança.*
— *?!*
— *Vou ler pra senhora. Aqui ó: "A Com... pa... nhia Negra de Revistas... tem no seu... e...len... co um garoto que é um verda... dei... um verdadeiro pro... dí... gio... Dança de uma... ma... nei... maneira ex... tra... or... di... ná... ria, canta em di... versos i... di... o... mas e re... pre... sen... ta como um ar... como um artista... com... ple... to.*
— *Mas é um menino. Branco. Não é um moleq...*
— *Não é branco, não, mãe. Olha aqui ele. O nome dele é Pequeno Otelo.*

— E você lá sabe cantar?
— Eu não quero cantar, não, mãe! Eu quero é dançar.
— Dançar no teatro? Mas... como, Lelinho? Dançar em teatro é coisa de gente branca. E de mulher da vida. Quem dança em teatro é mulher da vida.
— Tio Bill não é branco. E não é mulher da vida.
— E quem é esse "Tio Bill", menino? Quem é que anda te botando essas coisas na cabeça? Quem é esse "Tio Bill"? Anda! Me diz!
— Tio Bill é um preto assim como eu; acho que era meu pai.
— Mas você nunca viu seu pai.
— Já vi em sonho. Era um escuro assim ó, alto, forte, com uma roupa bonita, sempre rindo.
— Mas... como? Virgem Santíssima!
— Tio Bill é assim. Anda de casaca, usa cartola e uma bengala. E dança com uma garota lourinha, cheia de cachinhos no cabelo...
— Ah, minha Nossa Senhora! Tu anda vendo coisa, menino!
— De primeiro, eu sonhava sempre com meu pai. Agora, eu sonho com Tio Bill. E eu acho que um é o outro.
— Virgem Maria! Tá variando, menino! E tu sabe o que é isso? É essa leitura. Leitura demais vira a cabeça das pessoas.
— Eu quero ser igual ao Tio Bill, mãe. Dançar igual a ele.
— Mas... vem cá! Como é que esse... Tio Bill dança? Como é que ele dança com a garotinha loura? O que que ele é dela?
— Não sei o que ele é, não, mãe. Pode ser empregado do pai dela, chofer, porteiro... Só sei é que ela gosta dele.
— Gosta como?
— Na dança, ué?! Eles dançam certinho. Assim, ó! Ele faz e ela repete. Depois, eles fazem juntos. Batucando com os pés. Assim, ó.
— Mas... você dança bonito, Lelinho!
— Eu não quero ser chofer, não quero ser polícia, não quero ser bombeiro. Eu quero é dançar, mãe. No teatro. A senhora me leva?

— Não, menino! Não e não! Teatro é coisa pra gente branca, pra gente que tem dinheiro e não precisa trabalhar. E a gente não tem nem pra comer direito.

— Mas, dançando, eu vou ganhar muito dinheiro, mãe.

— Deixa de besteira, menino.

— Eu vi no sonho, mãe: Tio Bill chegava e dava a cartola e a bengala dele pra mim.

— Dançar em teatro é coisa de mulher da vida, Lelinho. Ou homem mariquinha.

— Que que é "mariquinha", mãe?

— Vai dormir, meu filho, vai! Amanhã você tem que acordar cedo pra ir pra escola.

🦎

Mas... como ia dizendo, o Lelinho era um pouco mais novo que eu. Mas tinha corpo. E era muito bom garoto. De formas que, assim, às vezes, dia de sábado, que a gente largava ao meio-dia, eu chamava ele pra gente prosear um pouco, tomar um refresco antes de ir pra casa.

Foi numa dessas, a gente ali numa confeitaria que tinha na Praia Formosa, onde é hoje a Rodoviária, estamos lá, e coisa, refrescando as ideias, chega "ele", que ainda não era "Mário", "Mário de Madureira".

A bem da verdade, eu tenho que reconhecer que ele era um escuro elegante. Era pobre, mas tinha três ternos: um azul-marinho, que era o "da missa"; um cinza, que era o de todo dia; e um branco, que era o das festas. O chapéu era de aba larga e caído do lado. Não gostava de palheta. Como não gostava também de camiseta nem de chinelo. Só em casa. Compreendeu?

Sinceramente, não posso deixar de reconhecer que era um elemento... diferente, original. E tinha um jeito de falar só dele.

Falava manso, cheio de nove horas, de comparações. E tinha gente que não entendia o que ele queria dizer com aquela poesia.

Chamava as moças sempre de "princesa"; os rapazes de "príncipe" e os velhos de "rei". Era "meu rei" pra cá, "minha princesa" pra lá. Era até bonito aquilo!

Botava apelido em todo mundo. Mas não era, assim, pejorativo, não! Eram apelidos bacanas, nomes de música, quer ver? "Flor Amorosa"; "Olhos Matadores"; "Vaidosa"; "Plangente"; "Heroica"; "Cabuloso"...

Então, estava eu e o Lelinho. Ele chegou e tal, mas parecia que não estava me vendo.

O senhor sabe, meu patrão, aquele olhar que... como eu vou dizer? Aquele olhar que junta a pretensão ao objetivo, o desejo ao objeto, aquilo que não se pode ao que se quer? Compreendeu o senhor? Não sei se o senhor me entende, mas foi aquela coisa. Muito esquisito, muito estranho. Desculpe a expressão, foi de um lado a outro. O sujeito chegou, olhou pro Lelinho, assim, de cima a baixo e tal; e só aí me dirigiu a palavra. Mas sem tirar o olho do rapaz.

— *Como é que vai essa força, Juvenal? Tomando uma fresca?*
— *É... Depois de uma semana de batente, a gente tem que...*
— *E o mocinho? É teu sobrinho?*
— *Este é o Aurélio...*
— *Aurélio Claudino, seu criado.*
— *Satisfação muitíssima, meu jovem! Benedito, ao seu dispor. Benedito Sérgio!*
— *Ele é aprendiz lá no Arsenal. Mas está quase passando a oficial.*
— *É teu aprendiz?*
— *Meu, não. A gente trabalha na mesma seção, mas ele não é meu aprendiz. É aprendiz do Arsenal. Quer tomar alguma coisa?*

Ele sentou e tal, conversou muito, contou coisas da vida dele, que fez e aconteceu, e perguntou muito da vida do Lelinho. Só sei dizer que, daquele dia em diante, eles viraram unha e carne. A ponto de o sujeito até apresentar o Lelinho como sobrinho dele. Coisa que eu sabia que não era verdade. Mas ele batia no peito e dizia que tudo o que o Lelinho fazia ele é que tinha ensinado. Até a dançar, sapatear, veja você!

Lelinho nasceu com a dança. Ou melhor, a dança era ele! E quando chegou no meio do samba, já viu, né?

⁍

É importante esclarecer que o "Mário", esse que agora é o grande personagem do enredo, teve vários nomes, que ele mesmo inventava, compreendeu?

Primeiro, foi "Agenor Anacleto", depois é que virou "Mário de Madureira". Tudo visagem, presepada. Artistagem, como diz o outro.

O nome dele mesmo, no documento, era Anfilófio. Anfilófio Felipe. Mas ele não gostava. Principalmente porque ninguém nunca soube o que queria dizer Anfilófio. Nem quem inventou.

Um dia, meio prosa depois de uns vermutes, ele me contou isso. Que, quando era criança, a mãe chamava ele de "Filó". E ele não gostava nem um pouquinho. Filó era nome de mulher. Aí, começou a inventar. Primeiro foi "Agenor". "Agenor Anacleto", que ele achava bacana. Depois foi "Benedito Sérgio", imagine o senhor. Por fim, foi esse negócio de "Mário de Madureira".

Quem quisesse tirar ele do sério era chamar de "Anfilófio". E "Anfilófio Felipe" era pior ainda.

Mas, naquele tempo, mesmo com essas vaidades, essas besteiras, ele ainda era um bom companheiro. Tanto que, um dia, eu, ele, Lelinho e Dilermando resolvemos formar uma turma pra brincar.

Dilermando era da Bahia. Tinha um vozeirão daqueles de ópera, cantava muito bem e se defendia bem no violão. Gostava mesmo de cantar. Cantava de tudo: valsa, aquelas modinhas bem antigas, do tempo de Sátiro Bilhar, Xisto Bahia, Laurindo Rabelo, Tibau Fernandes. E tinha também aquelas coisas engraçadas da Bahia: "Bolimbolacho, bole em cima e bole embaixo"; "Na Bahia, não se usa pedir a moça pro pai"; "Rosa, me dá meu cachimbo"...

De maneiras que, aí, resolvemos formar — como se diz? — um conjunto, uma turma, pra brincar na Festa da Penha.

— *Mas... me diz, padre: como é que começou essa tradição da Penha? Já tem muito tempo, não?*

— *Esta fiesta existe desde el año 1728, en la iglesia de Nuestra Señora de la Peña de Francia. Acá, la devoción comenzou por vuelta de 1635, cuando el poseiro de estas tierras, Baltazar de Abreu Cardoso, erguió una pequeña hermida, en agradecimiento por Nuestra Señora ter le salvado la vida. Pero la fiesta, mismo, comenzó cerca de 1728.*

— *Tem tempo hein, padre?*

— *Docentos años.*

Pra nós, a Festa da Penha era pagode, farra. Já pra aqueles devotos, fervorosos, era mesmo uma coisa muito séria. Mas, como a Penha era um lugar distante, o pessoal, depois de rezar, fazia lá seu piquenique.

Primeiro, foi a galegada, os portugueses, que vinham a cavalo ou em carroças de boi, tudo enfeitado, com flores, galhos de árvore, colchas de chita coloridas. No farnel, não podia faltar o vinho verde, que eles tomavam naqueles chifres que traziam no pescoço. Português também é bom de farra!

Aí foi que eu vi o que quer dizer, mesmo, a palavra "rancho". Pro português, "rancho" é qualquer grupo de pessoas andando, é um "magote de gente", como eles diziam. E eles iam, mesmo, em ranchos. Tinha também, como tem até hoje, os que iam pagar promessa.

— *Coitado, não é, mãe?! Aquele senhor, doente daquele jeito, e ainda subindo a escadaria de joelhos. Dá pena, não dá?*
— *Dá muita pena, filho. Mas ele está retribuindo alguma graça que recebeu.*
— *É muito sofrimento!*
— *Você ainda não viu nada, filho! A promessa é sempre um sacrifício. E essa escada representa a escada que Jesus subiu pra ir se apresentar a Pôncio Pilatos. Quando subiu, Cristo se sacrificou pela humanidade. Aqui, as pessoas se sacrificam em homenagem a Ele. Era assim que o Padre Ricardo explicava.*
— *Qual Padre Ricardo, mãe?*
— *Era o padre daqui, no tempo da vovó. Padre Ricardo Silva. Foi uma pessoa muito importante!*
— *Como assim?*
— *Ele foi importante porque não cuidava só da igreja, não. Se preocupava com as pessoas, ajudava escravos. Chegou até a formar um mocambo, um quilombo aqui, pra trabalhar pelo fim do cativeiro. E gostava de festa também. Vovó dizia que foi na época dele que a Festa da Penha cresceu, ficou importante.*

Então, como eu ia dizendo, antigamente a Penha só perdia pro Carnaval. E isso porque, quando o nosso povo começou a participar, ela ficou ainda mais animada, com aquelas rodas de batucada, com aqueles choros, com aquela música boa, e aquela animação. O elemento tirava uma música, um corinho daqueles de cantar batendo palma, a primeira coisa que ele fazia era ir mostrar na Penha.

De formas que, um dia lá, nós resolvemos formar um conjunto, uma turma, pra brincar na Festa. Dilermando de violão, eu de cavaquinho (que um dó maior, um relativo, um sol menor, naquele tempo todo mundo sabia fazer); o... Filó... que ainda não era Mário de Madureira, fazendo a marcação na cuíca; e o Lelinho no pandeiro e no sapateado, que era a especialidade dele.

Combinamos tudo direitinho e tal, compramos uns vinte sacos vazios de farinha de trigo, lavamos, preparamos os moldes (calças e paletós) em folhas de jornal, cortamos certinho... E aí eu pedi a mamãe pra costurar, na máquina.

Rapaz! Ficou um colosso! Quatro ternos de pano de saco, mas tudo com um caimento muito bom.

No primeiro domingo de outubro nós estávamos lá na Festa da Penha. Cantando umas coisinhas lá que ele, o "Mário", fazia. Porque isso, honra seja feita, ele sabia e tinha graça pra fazer. Pegava lá uma coisa que tinha visto, o galo cantando cocorocó, o garrafeiro, a mulher que batia no marido... Ele pegava lá essas ideias e fazia uns corinhos, umas marchinhas, e todo mundo gostava. Agradava mesmo. E foi cantando essas coisas que a gente chegou à Penha naquele ano. Samba não era ainda, que a gente não sabia. Eram uns corinhos, umas marchinhas. Também não era aquela coisa braba de cordão, de africano, de bugre, aqueles "calungambá", "saravudum", "culumbandê", sei lá...

O caso é que a coisa ficou boa de pagode! E as pessoas vinham cumprimentar.

— Castiga aí, mulato! Formidável essa tua turma, hein?! Muito bem ensaiada. Vocês estão de parabéns!
— Não seja por isso, minha tia. A gente chegou e o povo veio atrás. Parece que gostaram da nossa música.
— Todo mundo gostou. Vocês sabem brincar. E o pandeiro aí sapateia muito bem.
— Esse é o Lelinho!
— Aurélio Claudino, seu criado.

— *Por que vocês não organizam o conjunto pro Carnaval?*
— *É... vamos ver.*
— *Podiam organizar um cordão.*
— *Vocês são de onde?*
— *Da Fontinha, Rio das Pedras.*
— *Ora, ora! Nós somos do Largo do Neco.*
— *E nós somos de Dona Clara.*
— *Podemos reunir. É todo mundo vizinho.*
— *A ideia não é má, minha tia. O que que você acha, Dilermando?*
— *Pra mim, qualquer prazer me diverte.*
— *E você, Agenor?*
— *Parece uma boa ideia. Mas temos que craniar direitinho.*

Lelinho foi quem mais se entusiasmou. Já pensou? Um cordão organizado, bem fantasiado... E ele lá na frente, dançando, dançando, dançando?!

5. Sociedades

De maneiras que, como eu ia dizendo, naquele tempo, Carnaval de se apreciar era o rancho e as grandes sociedades. O resto era "coisa de preto", como se dizia.

— Ih! Eu o-dei-o esses cordões! O-dei-o! Vamos embora.
— Ah, Janjão! Que chato! Por quê?
— Isso me assusta. É uma selvageria!
— São reminiscências africanas, meu santinho!
— Por isso mesmo. Olha só esse negralhão empenachado. Ridículo! Sente só o bodum e o fedor de cachaça. Que coisa nojenta!
— O cativeiro terminou noutro dia, amigo. E eles se servem do Carnaval pra agradecer aos seus manes, às suas divindades ancestrais...
— Dessa forma, nós nunca seremos respeitados como nação civilizada. Isso tudo é muito primitivo. Vamos embora!
— É o delírio da vida, João Paulo! Esses cordões são o último elo entre o Carnaval e as crenças pagãs. E isto é muito interessante.
— Mas esse baticum, essa pancadaria, essa melopeia bárbara, isso é enervante, Murici!
— Vamos logo!

— Não! Espera! Escuta! Ouve só a polirritmia: os xequerés, os ganzás... Observe a variedade de timbres dos tambores: o ilu, o batá, a puíta... São remanescentes dos cucumbis!

— Você, com essa mania de africanista, não sei por que não vai viver no Congo...

— Um dia, você ainda...

— Meu Deus! Uma cobra!

— Onde?

— Enrolada no pescoço daquele...

— É de massa, João! Papier mâché.

— Aiiii!!! Um jacaré! Olha lá!

— É empalhado, querido...

(...)

— Aahhh! Agora, sim: cavaquinhos, violões, vozes em ritornelo... Isto agora é música!

— É um rancho.

— Ora, o teu cordão também é um rancho. Pois rancho é qualquer grupo de pessoas andando, meu querido!

— Rancho carnavalesco, eu quis dizer. É diferente do cordão; como é diferente das sociedades recreativas.

— Então, você fica lá com o teu cordão que eu vou com as Mimosas Cravinas.

— Você é mesmo um enjoado, hein? Vai, vai! Faça bom proveito. Mas depois não venha me dizer que a cigana te enganou.

ୣ

Depois daquela Festa da Penha, a gente só pensava em como ia fazer pra sair no Carnaval. Mas sair direitinho, organizado, com licença da polícia, pra evitar confusão.

— Carnaval animado esse, hein, Moreira? Onze mortos e trinta e dois feridos.
— Essa negrada sai mesmo é pra se matar, Eponina! Trouxeram isso lá da África. Não há meio deles se entenderem.
— São brabos mesmo! Mas não são todos. Os dos ranchos brincam direitinho.
— Mas esses já são remediados: alguns sabem ler e escrever, almoçam e jantam. E nem todos são crioulos.
— Então, por que o governo não bota essa gente na escola e dá comida?
— E eles querem? Isso é uma raça braba, meu anjo! São selvagens mesmo!
— E se o governo incentivasse eles a imitar os ranchos, a sair organizados, fantasiados direitinho, com uma música boa? Era até uma forma de poder controlar, de conter essa violência, Moreira!
— Bem... Aí...

Então, pega daqui pega dali, uma ideia daqui outra de lá, craniamos um estatuto e criamos uma sociedade. Que não era um cordão. Podia ser um rancho e podia ser um bloco. Mas a gente resolveu chamar de escola. Escola de samba. Como já tinha no Estácio. E, como o pessoal lá da Estrada do Portela, já tinha também.

A coisa então ficou assim: meio lá e meio cá.

Naquela época, o luxo da mocidade era o "tiro de guerra". Era um troço que já vinha desde 1902, lá do Rio Grande. E ganhou impulso em 1916, com o serviço militar obrigatório. O negócio era formar reservistas, buchas de canhão. De modo que a moçada fosse treinada sem ter que largar o emprego ou deixar de estudar. Aí, a instrução era de noite ou em domingos e feriados. E as pequenas ficavam doidas vendo os rapazes marchando, formando, naquela de "escola, sentido!", "escola, descansar!". Nunca se falou tanto em escola, gente boa! Escola pra lá, escola pra cá!

Aí, de repente, a gente estava chamando os blocos de Carnaval de "escola". Escolas de samba! Mesmo porque o pessoal do Ameno Resedá dizia que eles eram um "rancho-escola". Aí, a nossa escola se chamou "Irmãos Unidos da Fontinha".

⁓෴

O mundo estava em polvorosa por causa da crise. Os vermelhos diziam uma coisa, os camisas-verdes diziam outra. A América do Norte lá naquela carestia, quebrada. Aqui, a gauchada já chegando pra amarrar os cavalos no obelisco.

E lá na Fontinha a ideia de melhorar, de ir pra frente, também estava no ar. E até o Governo já se preocupava com a gente.

— *Veja você... A turma dos morros agora só pensa em associação. É "união" disso, "união" daquilo; "irmãos unidos"... Olha aqui no jornal, Sacramento! Mais uma.*

— *É, doutor! Mas a tal da liberdade de associação...*

— *Podem se associar, Sacramento! Mas desde que os seus fins não sejam contrários à lei penal e aos bons costumes, caríssimo Sacramento. Veja bem: todos têm direito de se reunir. Mas pacificamente e sem armas. E a gente sabe que esses moreninhos, pelo menos, uma navalha sempre carregam, né? Você sabe muito bem disso.*

— *Mas eles não se reúnem assim — como é que se diz? — em recinto fechado.*

— *As reuniões a céu aberto podem ser submetidas à formalidade de declaração, meu bom Sacramento. E podem ser interditadas em caso de perigo imediato para a segurança pública.*

— *É... Mas está ficando complicado, Doutor Filinto.*

— *Temos que começar a botar um freio nisso. Se não, daqui a pouco...*

— O que nós podemos fazer é ir plantando um pessoal nosso dentro desses clubes, não é? E você é bom disso.
— Não é má ideia, não, doutor! Essa crioulada está comendo na mão dos comunistas. A gente tem que dar comida pra eles também.
— Você tem um pessoal bom pra fazer isso. Tem gente nossa... gente sua no Cais, nas fábricas, na Prefeitura...
— É, doutor... Cachorrão, Bola Sete, Pádua, Zé Garcez... É o ambiente deles.
— Então?! Aproximamos eles desses clubinhos, desses bailes, desses cordões... Eles chegam lá, pra, digamos, "melhorar", fazem o nome, assumem as lideranças. E aí fica tudo na nossa mão.

Tinha o tal de Zé Garcez, um branco careca, do Catete. Dizia que era advogado, andava de anel e tudo, mas o diploma dele era falso. O tal do Pádua, um baixinho de bigode, era quase igual, e se dizia "perito-contador". Os dois eram pelegos, agentes do governo, que se disfarçavam de líderes dos trabalhadores e das favelas. Mas isso eu só vim saber depois.

— Bom, meus amigos: o motivo desta nossa reunião, como todos já sabem, é organizar a nossa sociedade. E não só pra brincar o Carnaval, mas também pra gente ter um estatuto, uma sede, um lugar e um documento, pra nossa garantia.
— Apoiado!
— Muito bem!
— Todo mundo aqui está cansado de saber que nossas brincadeiras não são bem-vistas pelas autoridades, nem pelo povo lá de baixo...
— Nem nossas brincadeiras, nem nossas necessidades!
— De formas que a gente se organizando, com a papelada toda nos conformes, um estatuto registrado, aí vamos poder pedir ajuda pro Carnaval, passar um livro de ouro essas coisas.

— Isso mesmo, doutor! Se a gente não se organizar, vai acabar como os outros acabaram.

— Se a gente se organizar, um dia a gente pode até passar a rancho. Quem sabe? Muito rancho de hoje começou assim.

— A organização tem que ser também no modo de trajar. Não tem cabimento a gente ir pra cidade de tamanco e camiseta.

— Olha, minha turma — eu, Jurandir, Dondon, Valdir e Nilo — já estamos organizados: terno, chapéu, sapato, camisa e anel de prata. Tudo igual. Mandamos fazer.

— Onde é que vocês fizeram?

— Na Piedade, mano! Não foi baratinho, não. Mas fazendo, assim, em grupo, sai mais em conta.

— O estatuto é este aqui. Em quatro cópias, que eu tirei com carbono. Faz favor de passar, Juvenal. Quem souber ler dá uma lida, pra gente aprovar.

— Da minha parte, já está aprovado!

— Da minha também!

— Por mim, idem! Estatuto é tudo a mesma coisa.

— O importante são os objetivos. Vou ler. Atenção!

"Art. 1º. A Sociedade Recreativa Familiar e Carnavalesca Irmãos Unidos da Fontinha, fundada no Distrito Federal em 20 de janeiro do corrente ano, é uma sociedade civil sem fins lucrativos e sem distinção de cor, credo ou convicção política. Art. 2º. O objetivo da Associação é proporcionar divertimento sadio, bem como convívio social, cultural e carnavalesco às famílias da Fontinha e adjacências, bem como a seus convidados e amigos.
Art. 3º. No cumprimento desse objetivo, a Associação..."

— Os que concordam com os termos do estatuto, permaneçam como estão.

— ...
— Então? Sim! Aprovado!
— Por unanimidade!
— Seu Presidente! Me dá uma parte!
— Pois não, Tião. Você parece que já está meio tocado. Então, seja breve.
— Eu só quero dar um viva pela fundação desta Associação Familiar e Carnavalesca. E outro pro grande cientista Doutor Fontinha. Porque, se não fosse ele ter inventado aquela vacina milagrosa, hoje, com certeza, a maioria do povo, daqui e de toda a Freguesia de Irajá...
— Muito bem, Tião! Viva!!!
— Vivôôô!!!
— O glorioso mártir São Sebastião que nos proteja com seu manto encarnado e nos dê bastante êxito nesta nossa empreitada!

🙶

De maneiras que, nos primeiros três anos, o Fontinha foi uma coisa assim simplesinha. Depois, foi tomando corpo. E mudando de forma também. Mas as apresentações eram muito aplaudidas.

Porque o samba era bom, os versadores eram catretas, o coro feminino era afinado. E a moçada dançava mesmo pra valer. Principalmente o Lelinho, que saía na frente, fantasiado de "baianinha".

Com a simpatia que ele tinha, e com os passos que fazia, cativava mesmo o povo.

Manuel Mendonça, que era o diretor de canto, ia de casa em casa buscando as moças e se comprometia com os pais a tomar conta, trazer elas de volta pra casa direitinho.

Cabo Dair fazia os enfeites, as sombrinhas enfeitadas com papel colorido, as gambiarras...

Os trajes eram simples mas faziam efeito. E esse era o nosso objetivo: fazer bonito no Carnaval. Primeiro em Dona Clara, em Irajá, depois lá embaixo na cidade, na Praça Onze.

⁂

— Bom... *nós da diretoria vamos na frente, depois da tabuleta de abre-alas. Todo mundo de terno, gravata, e de chapéu, pra cumprimentar as autoridades e a imprensa.*
 — *E o povo, né? Tem gente que não pode sair com nós, mas vai lá, pra prestigiar.*
 — *Muito bem, Varistão!*
 — *A roupa tem que ser igual pra todo mundo. Tudo bem alinhado.*
 — *A gente manda fazer no mesmo lugar. Tirando medida, tudo direitinho.*
 — *Chapéu e sapato cada um compra o seu. Mas igual.*
 — *Isso é fácil. Na Piedade, tem sapataria e chapelaria boas.*
 — *São muito careiras!*
 — *Mas vendem à prestação.*
 — *Isso se vê depois. O importante agora é todo mundo concordar com a armação da escola. Olha aqui: depois da diretoria, vêm as pastoras. Dona Vanda, a senhora tem quantas moças?*
 — *As inscritas são vinte. Vamos ver... Pela ordem: Altiva, Amália, Chica, Clotilde, Dagmar, Ditinha, Dulcineia, Eurídice, Filó, Juraci, Laurinda, Lurdes, Natalina, Neném, Odaléa, Oscarina, Pequenina, Rosalina, Tiana e Zinha. São vinte, não são?*
 — *Confere.*
 — *Então, elas vão vir em coluna por quatro, Dona Vanda!*
 — *Vai ficar bonito!*
 — *Depois das pastoras, vêm os homens, a academia; todo mundo de terno, gravata e chapéu. Mas diferente da diretoria. Nós temos inscritos uns cinquenta e poucos.*

— *Seu Presidente, um aparte!*
— *Fala, Matias!*
— *Infelizmente, tem gente que não sabe se comportar no Carnaval. E, aí, lá embaixo, acaba fazendo lambança.*
— *Quem, por exemplo?*
— *Quem é quem não é, aqui, não interessa. O que eu quero dizer é que eu e meus camaradas queríamos sair com uma roupa diferente. Nós somos onze mais os reservas, no nosso time. Nós queremos sair de paletó, gravata e chapéu direitinho, mas do nosso jeito. Inclusive com um distintivo no braço do paletó, de luva e levando uma bengala.*
— *Acho bonito. Todo mundo aqui está de acordo?*
— *É um direito deles. Mas isso não quer dizer que eles sejam melhores do que os outros!*
— *Não é questão de ser melhor, não, mano! O regimento não se divide em companhia? E a companhia não se divide em batalhão? Então?*
— *Faz sentido, faz sentido!*
— *Então... aprovado! Vamos passar ao ponto seguinte: porta-estandarte e baliza.*

Baliza, é claro, era o Lelinho. Não tinha outro. Ninguém como ele pra dar aquelas rodadas, fazer aqueles floreados com o leque, abrir as pernas e ir descendo até quase encostar os ombros no chão... sem largar a porta-estandarte. E essa figura acabou sendo mesmo a Vanda. Infelizmente.

Mas teve muita coisa boa. E, praticamente, tudo de bom que teve veio do professor: Paulo da Portela. Que foi o exemplo mais positivo que nós tivemos. Esse, sim! Foi a maior personalidade do mundo do samba naquela época!

Paulo, pode falar quem quiser, foi que conseguiu fazer o samba ser aceito. Respeitado, não digo, mas, pelo menos, aceito.

Ele é que começou a levar os políticos, os artistas, os escritores, até a gente. Mas, a política, no fundo, no fundo, acabou com ele. Cedo, cedo. A política e o olho grande.

Grande Paulo Benjamim de Oliveira! Deus o tenha!

Mas, como eu ia dizendo, em novembro, a gente já começava na luta, no lesco-lesco, correndo o livro de ouro no comércio. Teve um ano em que a coisa tava braba, aí a gente pegou e apelou pra particulares também, pra aquelas pessoas que tinham posses, doutores, altos funcionários. Porque na localidade tinha gente assim também. Nas chácaras, naqueles casarões, ali mais pro Largo de Campinho, Dona Clara, Cascadura.

— *Eu queria falar com o dono da casa.*
— *Pois não! Está falando com o próprio, meu amigo. Em que posso servi-lo?*
— *Desculpe incomodar, doutor. Não é nada pra mim, não. É que eu sou da diretoria dos Irmãos Unidos e estou passando o livro de ouro, pra gente fazer nosso Carnavalzinho.*
— *Ah! Irmãos Unidos! Nome sugestivo! É aquele cordão que passou aqui ontem à noite?*
— *Não, doutor, não é, não! Nós ainda não saímos na rua, não, senhor. Nossos ensaios ainda são só lá na sede mesmo. O que passou deve ter sido o Vai Como Pode.*
— *Vocês se dão bem ou são inimigos?*
— *Inimigos, não, senhor! Nossa rivalidade é só no Carnaval.*
— *Então, o senhor deseja um auxílio... Desculpe: sua graça?*
— *Altivo das Neves, seu criado.*
— *Então, Seu Altivo, é uma ajudazinha?!*
— *É, doutor, estamos começando a tirar agora. Já assinou a farmácia, o açougue... E nós temos licença, direitinho. Está aqui, ó...*

— Não! Não é desconfiança, não, meu amigo. Absolutamente. É que hoje eu estou desprevenido aqui em casa. Dá pro senhor passar amanhã?

— Posso, sim, doutor. Mas, se eu tiver algum galho, quer dizer, algum plobrema, vem o Presidente. É o Juvenal, o senhor deve conhecer.

— Ainda não tive o prazer, mas fica bem assim.

— Aliás... Vamos fazer melhor. Em vez de eu ou o Presidente vir aqui, a gente recebe o senhor lá na sede. Amanhã tem ensaio às nove horas. O senhor vai lá, com sua senhora, conhece o clube e se distrai um pouquinho. O ambiente é familiar, doutor. Não tem bagunça, não. Nós somos gente pobre, mas somos decentes.

— Mas onde é, Seu Almiro?

— Altivo, seu criado.

— Desculpe, Altivo. Onde é que é mesmo?

— Não tem que errar, doutor. Sabe onde é a Fábrica Progresso?

— Sei, claro!

— Pois é defronte. Ali que é a nossa sede, uma casinha branca de janela encarnada. E na fachada tem um mastro com o nosso escudo. O senhor vai ver logo.

O homem era alto funcionário, formado, e ainda por cima escritor. Chegou lá com a patroa e a filha, gostou, recebeu homenagem, discurso, agradeceu, tomou lá um licor, umas três cervejinhas... E, no final, já bem alegre, beijou o estandarte e assinou cem mil réis no livro de ouro.

6. Carnaval

De modos que o Carnaval era o objetivo. Mas durante o ano a gente também procurava ajeitar as coisas: a vala entupida; o lixo na porta; deixar falar no telefone, quem tinha; ir buscar um remédio; passar uma lista; dar um auxílio... Quer dizer, a vida seguia normal. A não ser em época de eleição. Quando sempre tinha visitas importantes.

Nessas ocasiões, quando tinha autoridade, gente graúda, político, maestro, Chicão, que era o mestre de harmonia, formava a escola lá embaixo, em círculo, pra receber a visita.

— Opa! É um comitê de recepção? Ora, ora... Quanta honra!
— O senhor merece, doutor! É a escola formada pra lhe homenagear.

Quando a visita saltava na plataforma e chegava à estrada, ele dava um apito, a bateria atacava, de leve, naquela cadência e coisa e tal... Aí a roda se abria e, então, saía a porta-estandarte com o baliza, dando as boas-vindas, rodopiando e fazendo aquelas mesuras.

— Mas que interessante! Primeiro entrou o grave, depois os timbres agudos, aos pouquinhos. Formidável!
— Tem um sistema, né, doutor? Que nem na orquestra: surdo, pandeiro, cuíca, tamborins, ganzá... E só depois é que o cavaquinho risca o tom.
— Exatamente.

Aí, depois de cumprimentos, também, o casal saía na frente e a visita subia o morro, no ritmo da bateria, que ia atrás.

— E então? Vamos subir?
— Ah! O maestro apitou e entrou o coro. Muito bem ensaiado.
— É isso! Vamos lá! A subidinha é difícil. Mas a gente sobe na cadência.

Na porta da sede, já estavam as crianças, que metiam lá, no ritmo.

"Boa noite,
Ilustres visitantes
Agradecemos a visita.
A sua presença
É que faz nossa escola
Mais bonita..."

Naquela época, cada bloco, cada agremiação, tinha seu samba ou sua marcha de boas-vindas. E esse é um que eu me lembrei agora.

— Simpática a sede, não é, Ilka? Pequenina, mas jeitosa!
— Já está muito acanhada pra gente. Mas, se Deus quiser, para o ano a gente começa as obras.
— Pode contar conosco lá na Secretaria, Juvenal.

— Vamos precisar mesmo! Faz favor, doutor! A casa é toda sua! Humilde, mas de coração.

Aí, então, a visita entrava, e o Presidente fazia aquele discurso de saudação. Que o homenageado respondia com mesura.

— E nesta noite, na qual Vossa Excelência nos deu a subida honra de visitar a modesta sede da nossa humilde associação, fazemos questão de renovar os protestos da nossa mais elevada estima. Por oportuno, na expectativa de que Vossa Excelência e sua ilustríssima patroa aceitem nossos mais sinceros beneplácitos, elevamos nossas taças, num brinde à saúde e ao sucesso de Vossa Augusta Pessoa no pleito eleitoral de outubro!
— A palavra é sua, ilustre amigo Doutor Estácio Benevides Correia de Sá!
— Muito obrigado. Bem... Senhor Presidente, senhores membros da diretoria dos Irmãos Unidos da Fontinha. Meus senhores e minhas senhoras! É com o coração transbordante de alegria...

Aí, a escola cantava pra valer.

— Formidável!
— Presta atenção, Benevides: a batucada começou.
— Baixinho, quase sussurrando...
— Os *violões, cavaquinhos e pandeiros* fazem uma espécie de prelúdio, pro coro poder entrar.
— Agora a percussão cresceu. E o coro entrou.
— Mas por que só as mulheres e crianças é que cantam?
— É que os homens só entram nos solos, improvisando, ouve só!

"*Eu queria ser balaio
na colheita do café*

*pra andar dependurado
nas cadeiras das mulher..."*

*"E eu vim lá de São Diogo
mas não nego fogo
no meu natural:
eu defendo a Fontinha
no dia de Carnaval
(...)"*

— *As vozes calaram de novo.*
— *Agora é a exibição da bateria. Escuta!*
— *Que polirritmia, meu Deus! Que variedade de timbres!*
— *E os couros são afinados na fogueira. Olha lá!*
— *Cada tocador cria um desenho rítmico diferente. E eles se encaixam direitinho.*
— *Estou toda arrepiada, Gustavo!*
— *Eu vou é tomar mais uma!*

Era uma coisa formidável! E as visitas ficavam bobas. Principalmente com as crianças e com o baliza, fazendo aquelas firulas do tempo da dança de velho. Fazia o "oito", o "parafuso", o "miudinho"...

— *Que figurações bonitas! As pernas dele parecem de borracha!*
— *Negro tem mola no corpo.*
— *E os pés! Minha Nossa Senhora! Que coisa formidável! Já pensou, os estrangeiros, os europeus vendo isso? Iam ficar doidos!*

Lá pras duas da manhã, a visita começava a se despedir pra ir embora, e a cerimônia se repetia. A escola ia levar a comitiva lá embaixo, a porta-estandarte e o baliza na frente.

Com meus dezoito, dezenove anos eu gostava de brincar de baliza também. Mas aí ainda era o rancho...

※

No Carnaval, de primeiro a gente saía mais ou menos como os ranchos. Aos poucos, fomos pegando uma coisa aqui, acrescentando uma outra... Até mesmo o jeito diferente de cantar a música, que o pessoal do Estácio mostrava, quando vinha nas festas de Oswaldo Cruz, da Serrinha, da Congonha, do Beco da Coruja.

Vocês, com certeza, devem saber: quem botou o samba assim naquele andamento, naquela cadência gostosa, foi o pessoal do Estácio, Ismael, Nilton, Bide, Edgar...

De primeiro, nem enredo tinha! Mas tinha a decoração, que era comigo. E tudo riscado diretinho, no papel, com régua e compasso. Depois é que se fazia a armação, o caramanchão, as gambiarras, as lanternas.

A gente saía todo mundo na mesma cor, mas cada um se vestia do jeito que quisesse. Os homens, de uma maneira geral, botavam lá um pijama de cetim e uma cartolinha, ou mesmo uma calça branca, uma camisa listrada e um chapéu de palhinha. Mas as mulheres, estas todas, sempre vinham de baiana, cada uma mais rodada do que a outra, com aqueles colares de guia.

O samba só tinha a primeira parte, o coro. O resto era solado de improviso pelos versadores. Na Portela, os melhores eram Claudionor, Alcides e João da Gente. E, na Fontinha, eram o Camunguelo, e a dupla Tantinho e China, que eram dois improvisadores extraordinários.

Na Praça Onze, como não tinha luz de acordo, a gente soltava fogos, aquelas bengalas de luz colorida, que clareavam tudo. Mas era perigoso, as pessoas se queimavam. Então, vieram as gambiarras, que eram feito um abajur que a gente levava preso numa vara comprida. Mas quem carregava gambiarra eram os moleques da rua, expostos, jogados-fora — coitados! —, a troco de um níquel ou um pedaço de pão com mortadela.

O pessoal da gambiarra era a base da, como se diz... da pirâmide social. Depois vinha o pessoal da bateria, que vinha com a roupa mesmo do dia a dia, da batalha. Mas tocava por prazer, e porque sabia tocar.

Quando a escola acabava de passar, ia todo mundo descansar ali na Igreja de Santana. E, lá, como juntava todo mundo, sempre acontecia alguma coisa. Pro bem ou pro mal. Mas a gente se divertia.

Aliás, uma boa diversão nossa, também, naquela época, era a batucada. E o lugar mesmo da batucada, na Praça Onze, era a Balança, uma balança de pesar carga de caminhão, que tinha ali mesmo na esquina da Rua de Santana, perto da igreja. Acontecia muita coisa interessante ali, naquelas rodas. Às vezes, dava confusão, nego que caía e não se conformava. Porque batucada era brincadeira bruta, de homem. Era pernada mesmo. A gente jogava a perna pro outro, o adversário, cair.

Armava a roda e coisa e começava a cantar:

"Abre a roda, meninada, que o samba virou batucada.
Abre a roda, meninada, que o samba virou batucada."

Esse corinho era acompanhado só pelas palmas. Quando muito, tinha um pandeiro, marcando e frisando. Sabe como é? Com o dedão assim, ó, nas bordas, pra fazer as platinelas tremer.

De maneiras que, num Carnaval, apareceu lá um mascarado na batucada. A rapaziada ficou meio cabreira, e coisa, mas deixou ele entrar. Jaquetão de linho, tipo saco, largão, uns níqueis no bolso, tilintando; calça boquinha; tamanco fechado, desses de português, chapéu-chile; e aquela máscara. Só dava pra ver que era mulato, pela mão, bem tratada, com as unhas bem-feitas.

Tá ele lá na roda, nego logo tirou ele. Pro meio. E o samba comia solto.

"Pau rolou, caiu, lá na mata ninguém viu!
Pau rolou, caiu, lá na mata ninguém viu!"

Aí, ele chegou lá, plantou e tal. Fulano veio, benzeu ele, e coisa e tal, vupt! Mandou-lhe a perna.

Mas malandro nem balançou. Então, foi a vez dele.

Aí, Casadinho plantou e ele... vapt! Malvadeza plantou e ele... lesco! Veio Antonico, e ele... rept! Aí foi a vez do Nino; depois, do Fumaça; depois, do Quinca... Os malandros tudo caindo, e ele lá, no meio da roda, dizendo aquelas letras bonitas, cruzando a perna, riscando o chão com o bico do tamanco.

Deu uma, duas, três horas da manhã... e ele lá.

Quando não tinha mais nenhum pra cair, ele lá no meio da roda, com aquela máscara. E aí, não sei quem lá tirou este verso:

"Deixa amanhecer, para conhecer quem é!
Deixa o dia amanhecer, para conhecer quem é!"

Tá entendendo? Nego tirou o verso na intenção dele. Do batuqueiro mascarado. Todo mundo querendo saber quem era aquele batuqueiro desconhecido. E ele lá, na moita.

Quando viu que não tinha mesmo mais ninguém, ele tirou a máscara. Sabe quem "ele" era?

Era Comadre Firmina, uma nega véia muito considerada lá na Fontinha! Comadre Firmina sabia brincar um Carnaval. Puxa vida! Quem é que ia imaginar?

Saímos dali, fomos tomar uma Cascatinha na cervejaria em frente. Cascatinha e traçado, Cascatinha e traçado, traçado e Cascatinha. Ninguém deixava ela pagar. Era nossa convidada. De honra. Essa coroa tinha cada uma!

Outra dela foi quando esteve aqui aquele artista americano; como é mesmo o nome? Orson, Uóston... Isso! Uóston Élis. Veio fazer uma fita só com coisas brasileiras. E queria filmar tudo: macumba, jangada, aquelas coisas do norte, samba, pernada e tudo. Aí chamaram a gente pra tomar parte da fita. E Comadre Firmina foi junto.

Chegamos lá, e tal, tomamos uns negócios, comemos umas coisinhas, e, quando o gringo deu as ordens, a gente fez a roda e começou a batucada:

"*O facão bateu embaixo, a bananeira caiu!*
Cai, cai, bananeira! A bananeira caiu!"

Começamos devagarzinho e tal, e o gringo, sentado lá naquela cadeira de lona, não gostou. Gritou lá na língua dele, no megafone, que queria que o pau rolasse mesmo. E a gente continuou fazendo corpo mole.

Aí, ele se invocou, e eu, que arranhava um pouquinho o inglês, fui lá falar com ele. Então ele disse que machucar não era problema, que ele estava pagando, que pagava até mais — sabe como é americano, né? — e que, se alguém tivesse que ir pro hospital, ele custeava o tratamento.

Eu então expliquei pra turma o que ele tinha falado. Foi quando Comadre Firmina mandou:

— *Será que esse gringo tá pensando que a gente é frouxo?*

Aí, a gente resolveu pernar pra valer mesmo.

Ah, meus amigos! O couro comeu. Era só nego subindo e se estabacando no chão. Só ela, Comadre Firmina, derrubou uns quinze. E tinha os artistas, coitados, tudo entrando na rasteira por causa do contrato que tinham assinado. De vez em quando, saía um carregado. E o Uóston Élis, lá com aquele charutão, se esbaldando e pedindo mais, mais, mais!

O Grande Otelo, coitado, nunca mais falou com ela, com a Comadre Firmina. Quando topava com ela, virava a cara ou atravessava pro outro lado da rua. Tudo por causa de uma banda que ela deu nele, e ele quase morreu. Ele nega isso. Mas eu vi. Comadre Firmina não era mole, não!

7. Vanda

O nome dela, daquela safada (me desculpe a expressão, mas não tem outra!) era Aldrovanda. Vê se pode?! Mas ela também detestava o nome. Aí, fazia questão de ser chamada de "Vanda". E assim ficou conhecida. Ou melhor: falada.

Era clara, quase branca, sotaque de nortista, e dizem que tinha estudo. Em lugar pequeno, na falta de certeza, o sujeito pega um ponto e faz um conto, compreende? E aí diziam que ela sabia solfejo, teoria, harmonia e piano. E que, no piano, botava muito maestro no chinelo.

Eu nunca vi, e acho que ela nem tinha piano em casa. Mas isso virou uma verdade.

Cantar, a bem da verdade, ela até cantava: tinha uma boa voz e um bom ritmo. Agora, piano... Não sei, não. Mas ela fazia questão de manter a lenda, de botar lenha na fogueira.

— *No Conservatório, todo ano tinha um concerto dos alunos mais adiantados. Era num auditório bonito, feito um teatro; e a plateia era os estudantes, as famílias e os convidados. Eu era muito muderna, pequena, mas um dia, eu toquei uma sonata de Schubérte e o povo me aplaudiu de pé. Como eu me lembro daquele* dia! Aquilo é que era música, uma coisa superior, civilizada... Mas a vida... Hoje, minhas mãos só servem pra cozinha!

Conversa-fiada!

⁂

Essa mulher já devia ter ali uns vinte e oito anos, quando se mudou pra Fontinha. Não era garotinha, não!
 Diziam que vinha do Areal, onde é hoje Coelho Neto. Mas tinha gente que dizia também que ela tinha a ver com os Vassilitch, um povo cigano que tinha lá pros lados de Ramos, Olaria, tudo de má vida, ladrões de cavalo, que raptavam criancinhas de cor pra vender pros fazendeiros na Argentina. Acho que era lenda. O que esses ciganos eram, mesmo, é do jogo, de tudo quanto era jogo. E isso ela tinha deles.
 Pouco tempo antes de ela chegar, um crime escabroso tinha acontecido lá pros lados de Sapopemba, onde é hoje Deodoro, Vila Militar.

— Que barbaridade, meu Deus! Onde é que nós estamos? Matar uma criança inocente por causa de um amante... Que horror!
— Onde é que foi isso? Como é que foi?
— Foi lá pros lados de Sapopemba, na Estrada no Camboatá.
— Foi uma mulher?
— Uma mulher, não: uma fera!
— E a criança?
— Uma garotinha de quatro anos, morta com um tiro de garrucha na cabeça e depois incendiada.
— Nossa!
— Foi no campo do Exército, lá onde fazem o exercício dos soldados.

— Mas por que isso, santo Deus?

— Diz que essa dona era amante do pai da menina, bilheteiro da Central. Ela conheceu ele na estação, onde pegava o trem todo dia pra descer pra cidade. Começaram naquela coisa, ela se embeiçou por ele. E parece que, pra prender, disse a ele que estava esperando neném.

— De mentira...

— Claro! Então, ele se irritou com aquilo, disse pra ela que era casado, tinha uma filha, e que aquilo não estava certo, que a filha não merecia aquilo e que, então, ia desmanchar com ela.

— Já estava enjoado dela.

— É... Homem, tu sabe como é que é, né?

— Tudo igual. Mas ela, também, não agiu certo...

— Diz que ela insistiu, chorou, se ajoelhou, implorou... E ele acabou dando-lhe uns tabefes.

— Aí, ela resolveu se vingar.

— Justamente. E da pior forma. Pra atingir ele no coração mesmo.

— Fria e calculista.

— Arrumou lá um jeito, raptou a menina e levou ela pro campo do Exército, onde fez o que fez.

— E ninguém pegou ela?

— Parece que ela também tem as costas quentes. Pessoal do jogo, uns ciganos, parece...

— E aí se livrou?

— Não sei direito, não. Mas ela sumiu. Dizem que foi pra Bahia, sei lá!

༄

Mas, como eu ia dizendo, ela devia ter ali seus vinte e oito anos. Sabia que era bonita, gostosona, com aquele cabelinho curto, quase *à la garçonne*, repartido do lado e caindo pra direita naquelas ondinhas, naquele penteado... como é que dizia mesmo? Permanente! Isso! Permanente.

E era mandona, autoritária como ela só. O marido, coitado, escuro e bem mais velho, era meio bobo. Fazia todas as vontades dela. E, por causa dela, pra onde ia levava o violão. Mas não passava do dó maior.

— *Lá no Areal, nós tinha um rancho também. O nome era Estrela do Oriente. Não é, Vanda?*
— *Eu é que levava o estandarte.*
— *E o baliza era eu.*
— *Quando eu rodava, o mundo vinha abaixo.*
— *E eu girando em volta, protegendo, abanando o leque.*
— *Quando não bebia.*
— *Eu? Ah, Vanda, não faz isso, não!*
— *O quê? Vocês precisavam ver. Teve um Carnaval que esse aí tomou um pifão que... Nossa Senhora! Caiu. Se estabacou no chão. De costas. E eu não quis nem saber: fui embora, rodando meu estandarte.*
— *Mulher ingrata! Mal-agradecida! Se não é o pessoal da gambiarra, eu ficava lá estatelado. E esse negócio de pifão, isso é mentira. Foi intriga da diretoria. Eles queriam era me tirar, pra botar um tal de Cobrinha que tinha lá. Só porque era mais novo. Eu caí, aquele dia, porque não tinha almoçado. Essa aí, naquele fogo de querer ir pra rua, não fez nada pra gente comer naquele Carnaval.*
— *Ah, não amola, Euzébio! Vai lamber o boi! Você acha que uma porta-estandarte da minha categoria ia se preocupar com comida no dia de Carnaval?*
— *Mal-agradecida! Nunca vi tanta estupidez, Deus do céu!*

Os dois só viviam assim, feito escravo e sinhazinha. Ela humilhando e ele se defendendo. Mas o bobalhão do tal do Seu Euzébio era um apaixonado. E eu sei que ele gostava daquele tipo de mau-trato. Sabe como é, né? E, tanto quanto gostava da mulher, ele gostava de ver ela bonita, cheirosa, bem-vestida, admirada.

Quando nós organizamos os Irmãos Unidos, nós ainda não sabíamos das maldades dela. Aí, chamamos ela, e o marido também. Ela ficou tomando conta da parte feminina. E o velho ficou responsável pela sede, pelo material, essas coisas, como uma espécie assim de zelador. Mas o cargo era bacana: "diretor de patrimônio."

Eles moravam numa casa grande, com quintal, caramanchão nos fundos, e ela gostava muito de festa, a casa vivia sempre cheia. E com muita gente importante. Gente do rádio: Gastão Formenti, Augusto Calheiros, Alda Verona, Saint-Clair Lopes... Tinha sempre artista de rádio nas festas que ela dava. E, no meio deles, muita gente ruim também: político, capanga, pistoleiro, *bookmaker*, polícia, meganha... Elias Jorge, Smith Wesson, Ali Faruk, Provoletti, Linda Mattar... Tudo boa gente! Pra não dizer o contrário.

O Arnô é que trazia as novidades de lá pra gente.

Como era um pouco mais novo que a gente, o negócio do Arnô era só bola e mulher. Quando o futebol começou também a ser emprego, ele mostrou suas qualidades, como meia-direita. Tinha bom preparo, bom controle de bola, driblava bem e chutava forte. Aí, o Madureira logo chamou ele.

O Madureira, mesmo, foi fundado em 1933, quando o Magno e o Fidalgo resolveram se juntar. O Fidalgo era o mais antigo, de 1914. Mas todos os dois eram fraquinhos. Aí, os comerciantes resolveram fazer um clube grande. Então, depois de muitas reuniões, nasceu o Madureira. "Madureira Atlético Clube." Que em 1939 já ganhou o Campeonato Carioca de Amadores e foi campeão do "Torneio Início". O campo era em Dona Clara, na Rua Domingos Lopes. Depois é que veio o campo da Rua Conselheiro Galvão.

De maneiras que o Arnô, como era muito bom de bola, foi logo chamado pelo Madureira.

A estreia dele foi, no segundo quadro, contra o Oposição. E ele fez dois dos quatro gols do Madureira. O jogo acabou 4 a 1 e a torcida ficou impressionada com o futebol daquele neguinho que quase ninguém conhecia. Todo mundo queria saber quem ele era e de onde tinha vindo.

Era muito bom de bola mesmo! E, dali a umas semanas, ele cada vez jogando melhor, os outros clubes já estavam sabendo dele.

Depois de quatro ou cinco jogos, já era escalado no primeiro quadro, no time principal. Naquele tempo, tinha o jogo do segundo quadro, que depois passou a ser chamado "aspirante", e aí é que vinha o jogo do primeiro, dos titulares, dos craques, dos cobras, como diz o outro.

De formas que a fama dele estava correndo. Bonsucesso, Bangu, tudo de olho. Até que um dia apareceu lá no Marangá, onde ele morava... Morava, não! Se escondia. Mas aí apareceu lá um carro, não sei se particular ou de aluguel, mas era um carro novinho em folha, brilhando, os pneus com aquela banda branca; e dentro um senhor gordo, careca, bem-vestido, charuto na boca, procurando por ele.

— Ô, distinto! Por obséquio: o amigo sabe onde mora o Arnô?
— O Arnô da Tia Tomásia?
— É... Um rapaz de cor, que joga no clube Fidalgo, de Dona Clara.
— Ah, sei!
— Onde é que é?
— Olha: depois daquela mangueira, o senhor dobra à esquerda, vai até onde tem um poço...

8. Arnô

Naquele domingo, ninguém falava de outra coisa. Arnô ia estrear como profissional. Porque o Madureira não tinha mais como segurar ele. E ele foi. Foi e deixou todo mundo de boca aberta. Fez três gols dos cinco que o São Cristóvão marcou contra o Flamengo naquele jogo.

A final do campeonato foi em novembro. E a única derrota do timaço da Figueira de Melo — que sempre foi meu time — foi pro Vasco, em julho, num jogo tumultuado.

Imaginem vocês que, numa falta lá, faltando ainda uns dez minutos, o juiz apitou e a torcida do Vasco invadiu o campo, pra acabar logo o jogo. Aí, já viu, né? O pau comeu. E quem deu bordoada, mesmo, a valer, foi Dona Euzébia, uma mulata da nossa torcida, já meio coroa, mas cheia de disposição. Dona Euzébia... que, aliás, vinha ser irmã da finada Comadre Firmina, lembram? Pois Dona Euzébia derrubou uns dez galegos, só na pernada e no rabo de arraia. Mas o Vasco ganhou mesmo.

Daí em diante, os "cadetes", mordidos, foram em frente. E o campeonato foi ganho contra o Flamengo, na casa dele, na Rua Paissandu. Uma beleza! Com o nosso craque encaixando três lá no véu da noiva.

De formas que, na segunda-feira Arnô foi até a sede buscar seu "bicho" pela vitória. Os diretores, a torcida, estava todo mundo maravilhado com ele. E paparicavam mesmo.

— *Esse é o novo Petronilho!*

Petronilho de Brito, não sei se vocês sabem, foi o primeiro craque brasileiro a fazer sucesso no estrangeiro. Era um mulato baixinho assim, de São Paulo; e por isso muita gente aqui não se lembra mais. Mas eu vi ele jogar.

Cracaço! Driblava muito! Jogou na seleção paulista, no escrete brasileiro e na Argentina. Lá, chamavam ele de "El Maestro". E o próprio Leônidas, o "Diamante Negro", dizia que ele, Petronilho, é que tinha inventado o gol de bicicleta.

Como Arnô driblava muito, sambando, então o povo logo ficou achando que ele era o segundo Petronilho. Aí, ele começou também a botar a banquinha dele, exigindo "bicho" de oitenta mil réis e outras regalias. E isso, sem querer se esforçar muito, acordar cedo, treinar, chegar na hora.

Aí, a diretoria do clube rachou: pra uns, valia a pena, porque ele era mesmo bom de bola e podia dar muito lucro; mas a maioria achou que era muita folga: um criolinho de Madureira, Dona Clara, Fontinha, botando aquela banca toda. E foi no meio dessa discussão que aconteceu o pior.

— *No dia seguinte, a gente ia estrear no campeonato, contra o América, lá em Campos Sales. Era sábado, e o time estava lá na sede. Eu estava no portão, conversando com uns amigos, quando chegou o Teófilo, ponta-esquerda, me contando que tinha sonhado comigo um sonho esquisito. Ele não queria contar, mas eu insisti e me arrependi. Ele só sonhou coisa braba. E eu fiquei impressionado.*

No dia seguinte, fui treinar, e coisa, o Seu Álvaro me prendeu no clube, me chamando pra uma conversa complicada. Sei lá! Aquilo me deu uma agonia, uma coisa esquisita; eu sabia que ia acontecer alguma coisa comigo.

Passei a semana inteira muito nervoso. E, na sexta, por pouco não fui atropelado por um caminhão na rua: eu vinha distraído, e quase que o cara me pega. Pulei, mas o carro passou numa poça e me enlameou até o paletó.

No domingo, foi o jogo.

Começou tudo bem; o time, entrosado. Eles lá na retranca e a gente dando em cima. O primeiro tempo terminou zero a zero.

Voltamos para o segundo a fim de resolver logo a parada. Logo num dos primeiros lances, o Artur me mandou lá uma bola em profundidade, quase junto do corner. Corri, com o Hermínio no meu encalço, e quando cheguei na linha de fundo tentei estourar a bola em cima dele. Só que, não sei como, a bola espirrou, e as travas da chuteira dele vieram em cheio na minha canela.

Caí com a perna toda dormente. Ainda tentei levantar, mas quando tentei apoiar o pé no chão vi logo que a minha perna estava quebrada. E logo a direita, mano! Se ainda fosse a ceguinha...

E, aí, foi aquilo que todo mundo já sabe.

꧁

Pois é... Como diz o outro, "infeliz no jogo, feliz no amor!" E o Arnô, o que tinha de bola tinha também de papo, de lábia, de conversa e de simpatia, com aquele dente de ouro do lado esquerdo.

Aí, mal a tal da Vanda se mudou pra lá e começou a frequentar nossas brincadeiras, ele logo cresceu o olho, todo ouriçado, e começou a se mostrar pra ela. Que, verdade seja dita, não valia nada, mas era uma tremenda de uma mulher!

Então, passou um tempo e tal, ela já sabendo o nome dele e coisa... um dia ele chegou lá e disse uns picilones no ouvido da safada.

— *Boa noite...*
— *Boa noite, Seu Arnô! Como tem passado?*
— *Podia ser melhor...*
— *Melhor? Mas o senhor está tão bem-disposto.*
— *Não se faça de desentendida. Você sabe o que eu quero dizer.*
— *Eu, hein, Rosa! Não estou compreendendo.*
— *Você compreende, sim. E eu sei muito bem quem você é.*
— *Ora, ora ... Eu sou Dona Vanda, esposa de Seu Euzébio Evaristo. Esposa prendada, amada, dedicada e muito bem casada.*
— *Mulher faceira, useira e vezeira...*
— *Useira e vezeira em quê? Olha que nem tudo o que reluz é ouro, rapaz.*
— *Useira e vezeira em pisar corações. Em gostar de ver os homens se arrastando aos seus pés.*
— *Quem foi que lhe contou essa lenda, Seu Arnô? Isso é história da carochinha. Não entra nessa, não.*
— *Eu te aprecio, Vanda. Desde que você chegou aqui. E sei que você também me olha com bons olhos.*
— *Você é folgadinho, hein, sujeito?*
— *Deixa de visagem, criatura! Você também é da orgia, que eu sei. Quem tem telhado de vidro não joga pedra no alheio. E não tem nada de mais eu querer também um bocadinho.*
— *Um bocadinho só? Olha que eu não sou mulher de bocadinho, não! Quando eu quero, quero tudo.*
— *Eu te dou tudo, minha flor.*
— *Qual?! Um crioulo duro como você?*
— *Ah! Não faz, meu docinho! Eu sou um criulinho cheiroso, bem-apanhado, ando alinhado. E você nem branca é. Pensa que eu não sei? Quem não te conhece é que te compra.*

— Não desfaz, não, que tem muita gente me querendo, ouviu?
— Por exemplo?
— Ih! Tem muntcho!
— E eu conheço algum, por um acaso?
— Oxe!
— Anda! Fala, criatura!
— Já que você quer saber...
— Quem?
— Teu colega Nanal é um deles. Me persegue, que é uma coisa por demais!
— Mas... o Nanal...
— É gilete. Corta dos dois lados. Já me ofereceu até dinheiro.
— Poxa!
— E olha que ele até que é um cabrocha bem-apanhado. E tem lá as economias dele, você sabe...
— Você não presta, mulher! Você não vale nada!
— Tô brincando, bichinho. Você, sim, é que é um mulato alinhado. Só que é muntcho novinho, muntcho muderno pra mim.
— E você é alguma velha coroca?
— Não é isso, chuchuzinho...
— E então? Pode ser ou tá difícil?
— E eu gosto de homem assim como você: peitudo, decidido.
— Como é que a gente faz?
— Deixa eu ver... Lá em casa não dá, que é um entra e sai danado.
— É. Eu já vi. Parece até a Casa Mathias.
— Ou o Dragão da Rua Larga.
— Então? Na Rua Larga. Tem uma jogada lá. Tranchã.
— Não pode ser mais perto, não?
— No Méier. Que tal?
— O Jardim ficou mais bonito. E bem romântico! Aquelas árvores, aquelas pedras.

— A gente tira a sorte no realejo, toma um refresco, tira um retrato no lambe-lambe.
— Cruz credo! Tá maluco? Retrato, não! Já pensou?
— Tá bom. A gente fica só no realejo.
— E no refresco.
— De groselha.
— Ou um sorvete?
— Até que você tem uma boca bem boa pra chupar um sorvete. Você gosta?
— Adoro.
— E sabe chupar direitinho?
— Ahn? Se avexe, Arnô! Me respeite! Eu sou branca, mas não sou francesa, não, mon cherri.
— Jura?
— Juro. Pela imagem da Santa Cruz do Redentor.

༄

Ela dizia que era da Bahia, mas pra mim era mesmo nortista, pernambucana. Dizia que fazia parte do que sobrou lá daquela turma de baianos da Praça Onze, que depois começou a vir pros subúrbios, pra Caxias, São João de Meriti, Nova Iguaçu. Era o povo do tal do candomblé, do queto, do jeje, como eles dizem lá — coisa que a gente nem conhecia naquela época. O negócio na Fontinha, em Oswaldo Cruz Cruz, Areal, Irajá, era preto-velho, caboclo, essas coisas. Quem tinha recebia em casa ou onde era chamado. Aí, dava consulta, dava passe, batia folha, soprava fumaça de charuto... Mas esse negócio de nação, de trocar língua, de falar africano, isso não tinha, não. Era em casa, sem tambor, sem nada disso. Não tinha tenda disso, tenda daquilo, esse negócio de ilê, axé, agô, agogô. Sabe o que é? Já ouviu falar? Pois é. Isso veio lá da Bahia. E digo mais: homem mariquinha, mulherzinha, no subúrbio, assim dando espetáculo, era muito difícil de ver. Claro que tinha, mas era enrustido, escondido, discreto. Não tinha esse negócio de andar se rebolando na rua...

De formas que como eu ia dizendo, essa tal de Vanda era desse lado aí. E eu sei direitinho como era a jogada dela. Do jeito que ela contava, né? No tempo em que a gente ainda conversava. Antes de ela fazer aquela baianada comigo.

Ela um dia me contou que, quando era ainda menina, ficando mocinha, um dia começou a sentir umas dores pelo corpo, da nuca até o dedão do pé. Ficou preocupada, mas foi deitar. Mas não conseguiu pegar no sono, porque um fogo, uma quentura braba, começou a tomar conta do corpo. Aí, começou a tossir e a botar sangue pela boca. Foi quando ela dizia que viu — estou vendo o peixe como ela me contou — um moleque bem pretinho, vestido de saci, com aquela touca vermelha, dizendo que tinha recebido uma cuia de dendê pra ir lá perturbar e botar ela doente, mas que, se ela desse um galo pra ele comer, ele não fazia a maldade que mandaram.

Feitiço brabo, está me entendendo? Mas eu não acredito nessas coisas. Sou católico apostólico romano; e só estou contando o que ela me contou, pra o senhor ver qual era o ambiente dela.

Mas... onde é que eu estava mesmo? Ah, sim! O saci pediu pra ela matar um galo pra ele, na encruzilhada, e cachaça, bastante cachaça, que ela dizia "oti". Os macumbeiros da Fontinha, do Areal, de Sapopemba, Irajá, chamavam cachaça de "marafo", mas ela falava "otim", "oti", sei lá... De formas que o espírito, a entidade, fez o pedido e ela aceitou. Contava ela que saiu quase se arrastando, pra fazer o que o Exu tinha pedido e fez.

Vocês sabem o que é Exu, não sabem? Pois é...

Então, ela contava que, aí, recuperou a saúde, nunca mais sentiu nada, mas aquela entidade passou a fazer parte dela. E, então, começou tudo, compreendeu? A vida começou a entrar nos eixos, como ela dizia: mudou de casa, arranjou namorado, botou um tabuleiro pra vender doces na rua... Isso lá na Bahia. Até que um dia — ela contou — um velho com um saco nas costas bateu na casa dela. Não me lembro bem como é que foi a história, mas parece que o velho falou lá umas coisas pra ela e depois sumiu. Quando ela foi ver, o velho tinha deixado com ela uma pedra, uma pedra grande, esquisita, que parecia que estava viva. Resumo da história: a pedra era um santo, uma entidade, sei lá. Essas coisas de feitiçaria, que eu não entendo nem nunca quis entender. E estou contando conforme ela um dia me contou.

O que eu sei é que, conforme ela disse, foi aí que, pra cuidar da pedra, ela teve que fazer lá os preceitos dela, passou a frequentar, e acabou fazendo a cabeça, como se diz. Mas isso foi lá na terra dela. Porque em Dona Clara, Bento Ribeiro, Campo dos Afonsos, não tinha nada disso, não. Tinha macumba, sim, porque tinha preto. Mas esse negócio de candomblé, santo fantasiado, não tinha, não. No subúrbio, não tinha, não! Pelo menos quando eu cheguei com minha mãe.

Parece que tinha era na Praça Onze, no Estácio, mas foi acabando. Então, esse povo "do santo", como eles dizem, começou também a subir. E aí muitos daqueles velhos macumbeiros acabaram indo morar lá. Como foi o caso do tal do Tio Sanim.

Tio Sanim era africano, da turma do tal de Assumano, do tal João Alabá. Dizem que era da lei de muçurumim, meio Maomé, meio feitiço. Morava na Rua dos Andradas; e depois se mudou pra lá, pra Turiaçu, do lado da Conselheiro Galvão, onde tem o campo do Madureira. Foi um dos últimos africanos no Rio.

Seu Braz Lopes, um coroa meu amigo, conheceu ele. E dizia que ele era poderoso. Não sei...

Eu nunca me meti nisso. Mas o povo de lá de cima tinha suas mirongas também. Só que diferente, de outra linha. Do "omolocô", como eles diziam, e eu nunca soube o que é. E no jongo mesmo. De formas que era muito engraçado ver os "nego véio" lembrando como faziam lá na fazenda.

— *Inhânti di cumeçá angoma tem qui saravá.*
— *Tem qui saravá. Nóis saravá Ganazâmbi, Nossinhô Zuzcristo, Maria Santíssima, lua, sol, galo qui canta, água qui bebe, tambu, caxambu...*
— *Jonguero cumba memo, saravô, lastriô, ninguém mai pódi cum ele.*
— *Ninguém mai pódi cum ele, é... Um dia, apareceu lá ni Joviano um disordero lá, quereno fazê 'ribagunça. Joviano tirô lá um ponto di incanto i amarrô ele. Aí, ele ficô quetim, capiongo, nu canto, só zoiando nóis.*
— *Teve otro qui num quiria í simbora, lá nu Ti Livino. A muié chamava, us fio chorava, i ele lá, becedado, num quiria í simbora nu sereno. Pruquê tinha sumido a capa dele, i ele num achava di jeto ninhum ondi tava.*
— *Num achava ondi tava. Mai o causo é que ele tinha intrado na roda sem pidi licença...*
— *Sem pidi licença. E aí Ti Livino amarro ele assim:*

"*Quem entrá ni meu angoma*
Sem licença mi pidi
Papai ingole a casca
I num pódi mais saí."

— *Levo tempu pra ele discobri que a capa tava dentro di "papai", qui era o tambu.*

— Era o tambu, pois é. I a "casca" era a capa dele, capa di sereno, qui o tambuzero tinha iscundido dentro do tambô grandi, do "papai".
— Angoma tem mironga!
— Quem fô a Roma qui mi traz angoma! Ê-ê!

"Noiti já passô
Oi dia calariano
Vamu dexá tambu
Angoma já ta chorano..."

— Machado!!!

Lelinho também gostava do jongo e entrava na roda. Mas era praticamente só pela dança, pela beleza daqueles passos. Que, como de fato, eram muito bonitos.

Já a tal da Vanda, como eu já disse, era mesmo é do candomblé pesado. E cartava, dizia que fazia e acontecia.

Mas parece que o santo do Arnô era mais forte. E aí ela caiu. Com os quatro pneus arriados. Doidinha pelo dente de ouro do nosso malandrinho, do nosso craque da bola.

E foi fogo na roupa, gente boa! Sabe como é, né? Respeito a gente tem com a mulher de casa. Mulher da rua, o sistema é outro. E o Arnô era meio garoto e coisa, mas era escolado e já sabia disso. E, com certeza, a Dona gostava.

— Oxe, meu nego! Ia ser tão bom se a gente pudesse ser mesmo um do outro, sem nada pra atrapalhar. Eu queria tanto!
— Um do outro, como?
— Ah, sei lá... Assim morando junto, num outro lugar, onde a gente não conhecesse ninguém e ninguém conhecesse a gente. Um lugar longe... Rodeio, Minas, Tubiacanga, Ilha do Governador...

— Tá variando, mulher? Tá maluca? E teu marido?

— Meu marido é um galinha-morta, Arnô. Eu já estava pra largar ele há muito tempo. Mas não sabia como. E agora eu sei.

— Não vai me dizer que tu quer casar comigo, de véu e grinalda, na Igreja do Sanatório?! Só faltava era essa!

— Casar na igreja, não! Mas a gente bem que podia juntar nossos paninhos, meu preto...

— Ah! Não faz isso, não, minha flor! Deixa disso. Você é madama, é mulher de posses, do comércio. Vai largar os portugas, os italianos, pra trabalhar pra mim? Olha que eles mete bala em mim e em você, hein? Você sabe que eles não são de brincadeira. Só faltava essa! Pelo amor de Deus!

— Pelo seu amor, meu preto!

— E eu, como é que fico nessa história? Agora mesmo — quer ver só? — estou precisando de cinquentinha. Tenho um negócio aí pra fazer, um negócio da China, e estou a nenhum. Preciso que você me adiante. Dia 30 o Gumercindo me paga, e a gente acerta.

— Hummm... Acerta, sim, eu sei... Qual?!

— Está debochando, é? Tá duvidando da minha palavra? E alguma vez eu...

— Calma no Brasil, chuchuzinho! Calma! Não se pode brincar, não? Anda! Vem cá, seu sujeitinho! É de cinquenta que você precisa? É? Então, me dá uma bicota primeiro.

9. Estácio

Ali, depois da Ponte dos Marinheiros, descendo a Presidente Vargas, do lado direito, ali é que era o Mangue. Mesmo antes de eles abrirem a Presidente Vargas, que veio em 44, já tinha o Mangue. Era... — as senhoras me desculpem, mas, a bem da verdade, eu preciso dizer umas determinadas coisas. Pois ali era o Mangue, a Zona do Baixo Meretrício, a maior do mundo, igual ao Maracanã, depois.

Rua Machado Coelho, Pinto de Azevedo, Visconde de Duprat, Néri Pinheiro, Laura de Araújo, tudo transversal da Afonso Cavalcanti. Era aquilo tudo. Depois vinha Carmo Neto, Marquês de Sapucaí... É... Sapucaí, do samba moderno. E continuava pela Benedito Hipólito até quase na Rua de Santana.

De maneiras que, no Mangue, teve mulheres famosas, principalmente aquelas gringas, que todo mundo chamava de "polacas". Vinham pra cá de contrabando, traficadas como escravas brancas, mas muitas fizeram o seu pé de meia. Teve a Estera, amiga do Morengueira; a Ana, da Pereira Franco 31; a Dora, no 360 da Júlio do Carmo; a Janete, na Pinto de Azevedo (nome que homenageia, como o da Rua Carmo Neto, um grande vulto da medicina no Brasil, coitado!); a Maria, na Júlio do Carmo e depois na Pereira Franco... Essas mulheres eram poderosas. Mas tinha também umas branquinhas bobinhas, do Espírito Santo, de Campos... Que acabavam se enrabichando pelos crioulos do Estácio e dando boa vida pra eles. O Brancura tinha mulher na zona; o Edgar também...

De formas que era ali que a mocidade ia se aliviar. Aliás, "mocidade" é o modo de se dizer, porque ia todo mundo: moço, velho, branco, preto, pobre, remediado... Os ricos tinham outros recursos, outros lugares.

Hoje ainda tem lá alguma coisa, na tal Vila Mimosa. Mas no meu tempo era uma coisa formidável. E a rua mais conhecida era a Pinto de Azevedo.

De segunda a sexta aquilo ali era um formigueiro. Sábado, então, depois do expediente, que ia até o meio-dia, pra todo mundo, aí aquilo lá fervia. Sábado e domingo.

Ora, muito que bem! Um dia, salto do trem em Lauro Müller, vou andando, chego na Cidade Nova, pego Afonso Cavalcanti, entro na Pinto de Azevedo, olhando as modas, apreciando o movimento, de olho nas pequenas, umas bonitinhas, alinhadinhas, outras nem tanto. Umas nas janelas, outras na porta das casas, chamando, piscando olho, fazendo aqueles gestos, aquelas pantomimas, aquelas coisas com a língua... A senhorita me desculpe a franqueza, mas estou contando a verdade nua e crua, sem subterfúgios. Aquilo lá era assim mesmo. Era tudo muito naturalista!

Então, como eu ia dizendo, estou eu lá, "flanando", como diz o outro... Dando aquele bordejo e coisa. Tinha recebido, como todo sábado (a gente recebia o ordenado por semana), trabalhei a semana inteira, fiz serão e tudo. Era moço, solteiro, como sempre fui; então eu tinha direito àquele divertimento.

Foi aí que eu vi uma morena, cabelos compridos até a cintura, assim feito uma índia. A fisionomia não dava pra ver direito. Mas o corpo, visto assim de longe, me pareceu uma beleza. Aquela pele bronzeada, braços roliços, corpo violão... Eu pensei cá comigo: "É com essa que eu vou."

Foi nesse lance que uma outra pequena chamou a atenção dela, e ela se virou pra mim.

Quando eu olhei...

— *Meu Deus do céu! Não é possível! Isaura!!!*

A sensação que eu tive foi mil vezes pior que a do dia que ela fugiu. Aí, não era uma bomba que caía na minha cabeça, mas o mundo todo que desabava em cima de mim. Só tive tino de baixar o rosto, pra ela não me reconhecer. E saí dali alucinado, desvairado, trocando as pernas. Quando dei por mim, eu estava num botequim, o cálice do parati vazio; e eu, sem sentir, já tinha tomado uns três ou quatro.

Na minha cabeça, aquele monte de nome rodando: decaída, meretriz, marafona, prostituta, rameira...

Mas Isaura não era nada daquilo. O que ela era é uma... vítima. Isso, sim. Prostituta mesmo era a outra, aquela filha da puta, que virou a cabeça dela, com aquelas ideias, aqueles romances que dava pra ela ler.

A sorte dela, no Mangue, foi que a Dona Beca, a polaca que comandava lá o mulherio, gostou dela, ficou amiga e não deixava ninguém tirar farinha com ela. Principalmente, depois que eu fiz o pedido.

— *A senhora é que é a Dona Beca, não é?*
— *Rebeca Grossman. O que qui senharr desexa?*
— *Eu queria que a senhora tomasse conta da Isaura, orientasse ela.*
— *Quem é? É seu errmã?*
— *Ela era minha noiva. Mas fugiu de casa e veio morar aqui.*

— Aaahhh! Rebeca xá sabe, xá viu todo. O senharr bode dêxa bur meu conta. Isauro aqui tem bom passadio: casa, comida no hora cerrto, roupa lavado, remédio... E só vai andarr em bom companhia.
— A senhora é uma santa, Dona Beca. Deus que lhe aumente.
— Xalom! Xalom!

Dona Beca foi uma verdadeira mãe pra Isaura.
Inclusive, conforme me contaram, foi quem vendeu pra Isaura, baratinho, pra pagar por mês, o rádio que fazia companhia a ela naquela solidão.
Naquela época, com o rádio, qualquer um podia ter o mundo dentro de casa. No princípio, ainda era meio complicado, misturava estação, dava estática, a voz sumia, depois aparecia de novo... mas era uma diversão, fazia companhia. E tinha gente que não passava sem aquele "Luar do sertão", que era o prefixo da Rádio Nacional:

Não há, ó, gente — oh, não! — luar como este do sertão...

E quando a Nacional botou lá aquelas torres possantes, de não sei quantos quilo... como é que dizia mesmo? Quando botou lá aquelas coisas que falavam pra o Brasil todo, aí então é que foi um colosso. Tanto que, quando acabava a transmissão, no final da noite, era aquele silêncio, aquela tristeza, parecia que tinha morrido uma pessoa da família. E isso no Brasil inteiro!

— *Quem podia imaginar — hein? — que um dia a gente ia estar, assim, fazendo aqui a nossa tocata, com gente escutando e apreciando lá em caixa-prego, hein, Benedito?!*
— *É mesmo! O rádio é uma invenção formidável.*

— Já tem estação de rádio, aí, falando pra América do Sul toda. E até pro mundo!

— Mas eu acho que o rádio pode acabar com o gramofone. Se a gente pode escutar música no rádio, por que que vai comprar os discos?

— Que nada, Arlindo! As estações também já estão tocando música gravada. E, aí, o elemento escuta a gravação e vai querer comprar. Pra ouvir na hora que der vontade, homem!

— Pra mim, o mais importante na estação de rádio são os espíquer. Eles é que têm a missão mais difícil. Da boa voz deles é que vai depender o êxito da música, do artista, do compositor. Não vê o César Ladeira? O que ele diz, com aquela dicção perfeita, é sincero, é verdade.

— O César Ladeira na Mayrink Veiga... O Saint-Clair Lopes na Educadora... O Cristóvão de Alencar na Guanabara... Esses não são de brincadeira!

— Mas não vamos esquecer os que escrevem os programas. Esses é que são! Ademar Casé, Luís Vassalo, Paulo Roberto...

— E o Almirante? Esse escreve, é espíquer, é compositor. E ainda por cima canta. Almirante — como diz o outro — é a maior patente do rádio!

Como, de fato, o rádio era uma coisa formidável. E o Almirante, mesmo sendo um camarada, assim, meio sistemático, era um dos baluartes.

Foi ele que levou pros discos a batucada do samba. Batucada mesmo com bumbo, pandeiro, cuíca, tamborim...

— Mas, professor... O senhor vai me desculpar mas esse estribilho é meio fraquinho.

— Ah, Almirante! Isso dá a maior batucada. Escuta só:

"Na Pavuna, na Pavuna, tem um samba que só dá gente reiuna."

— E o quê que é "reiuna"?
— "Reiuna" é coisa vagabunda, de má qualidade; coisa dada pelo governo, como bota de soldado.
— Xi, professor! Isso pode dar bolo: o pessoal de lá pode não gostar.
— É brincadeira, Almirante. Deixa de moda! Anda! Mete aí a segunda, e vamos gravar. Vai ser o maior sucesso.

Teve gente que torceu o nariz. Dizendo que a barulhada do samba ia estragar a gravação. Mas o Almirante graduou direitinho e mandou o pessoal batucar com educação...
E só tinha nego escolado. Tibelo, do Estácio, foi que mais tarde me contou.
Ele foi de surdo; Canuto e Andaraí, nos tamborins; Neca e Laurindo nos pandeiros... E aí ficou um colosso. Todo mundo correu atrás do disco, pra levar pra casa aquela batucada perfeita.

— O senhor tem aí o disco "Amapola"?
— Um minutinho, por favor...
— A turma vai gostar...
— Pronto, meu senhor! Eis aqui: "Amapola". Tito Schipa.
— Não! Não é isso, não! É aquele que diz assim, ó:

*"Amapola, bum-bum-bum,
Amapola, bum-bum-bum..."*

꩜

Foi nessa aí que, um dia, não me lembro como, chegou lá na Fontinha o tal do "Cazinho do Estácio". E quem levou foi o... cognominado Mário.

Era um mulato, assim, prosa, olhando a gente de cima, como se a gente não fosse nada e ele muita coisa. Era até bem-apessoado. Mas aquele cabelo esticado, o bigode fininho, aquele anel, aquele relógio de pulso, aquilo dava a impressão de que ele queria mesmo era se mostrar. E desfazer da gente.

Tinha mais ou menos, naquela ocasião, uns vinte e oito, ou vinte nove anos. Não chegava a trinta. Arranhava lá um violão, um cavaquinho, como todo mundo. E batia um pandeiro razoável. Mas era um elemento antipático, muito antipático.

Fazia questão de dizer que era da cidade, e coisa; que na cidade era tudo diferente, tinha recursos, pororó pão duro... Mas isso até eu, quando cheguei, fazia também. Só que ele veio da roça e não tinha profissão.

Naquela época, trabalho de preto era no Cais do Porto ou no Mercado, carregando saco e caixote nas costas. Os que não gostavam de pegar no pesado se viravam engraxando botina ou dando uma de lustrador de móveis.

Se vocês forem ver, naquela época, a turma do samba quase toda, na hora de declarar a ocupação, metia lá: "lustrador; por conta própria." E isso era o expediente que nego encontrava pra arranjar uns trocados sem ter patrão e vivendo na rua. Porque o lustrador, de um modo geral, enganava, naquela moleza, na casa do freguês, num telheiro nos fundos, ou mesmo no quintal.

De formas que era assim. E cavaquinho quase todo mundo sabia fazer aquelas posiçõezinhas: primeira de dó, segunda, relativo, primeira de novo. E, aí, enganava.

Ele dizia que o primeiro cavaquinho quem deu a ele foi o padrinho, um tal de Lalu de Ouro, que ele falava como se todo mundo soubesse quem era. Mas eu, sinceramente, nunca soube quem foi.

E foi assim que ele chegou lá, no nosso pedaço. Ainda como "Cazinho do Estácio". O nome de artista, "Oscar das Dores", que era quase o da identidade (ele tirou só o "Feliciano", nome do avô, que vinha no meio), ficou conhecido depois.

Diz que, quando morreu o Deixa Falar, ele andou por Mangueira. Mas não arrumou nada. Aí é que foi pra Fontinha e se enturmou lá com a gente. Aliás, comigo não! Que meu santo nunca foi com o dele. Eu aturava e tal, mas, com pureza d'alma, jamais me senti bem perto daquela pessoa.

Depois que ganhou o concurso de samba do Espinguela, ele ficou cheio de vento.

E aí se tornou... como se diz... um fator de discórdia, um elemento desagregador. Enjoado, sistemático e principalmente falso, ele sentiu que a gente não estava de acordo com aquele proceder, com aquele jeito dele.

꒰

Boa bisca era esse camarada! Nunca valeu nada. Chegou cheio de banca, e coisa e tal, mas depois a gente ficou sabendo de um montão de trapalhada dele. Tem umas até engraçadas, como a do coroa da estiva que ia metendo a espada nele, por causa de uma dívida que ele nunca acertava.

Diz que foi cinquenta mil réis que ele pegou, prometendo pagar no "dia 30". Cinquenta paus, naquela altura dos acontecimentos, era uma nota de responsa; mas Seu Galdino, que gostava de ajudar as pessoas, emprestou.

Só que chegou o dia 30 e nada.

— *Dia 30, o Braz me paga e a gente acerta* — ele dizia.

Veio o outro mês, picas! Desculpe, madame!

— *Dia 30, o Braz me paga e a gente acerta.*

Nessa, passou um ano, dois, três... Aí, Seu Galdino, sabendo que ele andava se prosando, de anel, de relógio de pulso, aí perdeu a paciência, pegou e resolveu dar uma lição no safado.

Seu Galdino, coroa ponta-firme, da Resistência do Cais do Porto, tinha em casa uma espada. Uma espadona enorme, bonita, conservada, da Guerra do Paraguai.

Aí, pegou a espada e saiu na diligência de cobrança, varando tudo quanto era canto, na captura do safado.

Resumo da história: Seu Galdino encontrou ele sabe onde? Na Praia do Caju, dentro d'água, no bem-bom, lá, com uma mulher. Naquele tempo, a gente ainda tomava um bom banho de praia no Caju!

Aí, quando ele viu Seu Galdino — quem espalhou essa história foi a nega que estava com ele, pra desmoralizar, depois que ele fez uma aberta com ela —; quando ele viu o coroa, com a espada na mão, ele virou no santo, de araque, fingindo que estava recebendo lá — Deus me perdoe! — uma entidade das águas, sei lá.

Seu Galdino, que era um espírita muito fervoroso, quando viu aquilo, parou, estatelado. Diz a dona que espalhou a história, que, de repente, a cena mudou toda. E ela também ficou estatelada quando viu Seu Galdino ajoelhado, na beira da água, respondendo à "entidade", se benzendo e perdoando.

— *Sim, senhora, minha Mãe, sim, senhora! "Perdoai as nossas dívidas, assim como nós perdoamos os nossos devedores..."*

Aquilo não valia nada!

Pra alívio de todos nós, depois ele se afastou e foi lá pras bandas do Areal, prum bloquinho da poeira, por nome "A União Faz a Força". E foi lá que ele fez o dele. Pegou um bloquinho, que nem nome tinha direito, e fez dele uma agremiação mesmo. Que foi reconhecida como uma das melhores daquele tempo. E os sambas, muito bons, verdade se diga, era tudo dele. Porque ele sabia fazer.

Isso tudo sem nunca deixar de morar no Estácio. Imagina o que foi sair da cidade, naquele tempo, pra levantar uma escola de samba lá em caixa-prego?! E foi nesse miolo que tudo aconteceu.

Pois bem: um dia — isso ele me contou — o Carlos Grey, que era o cantor de maior sucesso na época — mal comparando, uma espécie assim de... não digo Roberto Carlos, mas um Martinho da Vila, um Paulinho da Viola —; um dia, então, o Carlos Grey foi lá no Estácio. Ele chegou com um rapaz por nome Jarbas, que era guarda civil, e que tinha dito que era primo dele, só pra fazer farol.

O tal do Jarbas subiu pra falar com ele, Oscar; e o artista ficou lá embaixo.

— Fala, Jarbas! Que que manda, rapaz?
— É o seguinte, Cazinho. Eu estava vindo da cidade e trouxe o Carlos Grey, que está me esperando lá no Compadre.
— O Carlos Grey? Aqui? Eu, hein, Rosa?! Tá variando, rapaz?
— É sério, primo. E ele quer falar com você.
— O que que ele quer comigo?
— Ele quer comprar um samba, Cazinho.
— Que história é essa, rapaz?
— É, samba! Ele quer comprar um samba teu.

Oscar pensou que o tal do Jarbas estivesse maluco. Comprar um samba? Como? Que novidade era aquela? Então, o elemento tem uma ideia, um pensamento, um sentimento, uma coisa lá dentro dele, da cabeça, do coração, tira como se tirasse de uma gaveta, ia lá e vendia prum camarada que queria comprar...

— Como é que pode, ô Jarbas?
— Pode sim, primo. Música hoje dá dinheiro também. O cantor grava no disco; o disco toca no rádio; a povo vai lá, compra o disco. Aí, do que vende, uma parte vai pro cantor, outra pra companhia que gravou; e outra pro dono da música. Se o Grey te comprar um samba, ele passa a ser o dono. Mas aí você já levou o teu, e não vai precisar se preocupar se o samba vai tocar no rádio nem se o disco vai vender. O teu já tá, ó, no bolso, mano velho! Não tem que se preocupar com mais nada.
— É... Pra dizer a verdade, eu nunca tinha pensado nisso.
— Pois é assim que é agora, primo.

Muito que bem! Mas, cá entre nós: será que o tal do Jarbas tinha essa inteligência toda, esse conhecimento? Não acredito, não, compreendeu? Pois até hoje tem compositor aí que faz e acontece, mas não faz a mínima de como é que isso funciona...

De formas, então, que o Oscar se interessou. Aí, dali a pouco, lá no Compadre, depois de "abrir a voz" com uma catuaba, já estava menos enjoado e sistemático, perguntando o tipo de samba que o artista queria.

— Tem uns mais dolentes, outros mais batucados. É de acordo com a vontade do freguês.

Carlos Grey não queria samba que falasse de malandragem, de orgia. Queria samba de romance, desses que o cara canta, assim tipo Rodolfo Valentino, Ramón Novarro, e a mulher já cai com os quatro pneus arriados. Cazinho, então, pensou, virou mais um cálice e meteu lá, batucando na madeira do balcão:

*"Formosa,
Não faz assim com o teu mulato
Dengosa,
Tu sabes que eu sou bom de fato
E que nunca fui ingrato
No amor eu desacato..."*

Grey se entusiasmou.

— *Papagaio! Esse está na medida. É isso mesmo que eu preciso. Quanto você quer por esse samba?*

Oscar, que ainda era Cazinho do Estácio, pensou em pedir uns trinta mil réis, por ali, conforme me contou. Mas o Jarbas, sem que o artista percebesse, fez ver a ele que era pouco, que ele devia pedir uns quinhentos. O compositor, porém, malandro, desconfiado como era, ficou no meio-termo.

— *Trezentos está bom?*

Carlos Grey concordou. Aí, meteu a mão no bolso esquerdo do paletó, pegou a carteira de crocodilo, tirou duas notas de cinquenta, deu cem mil réis por conta e marcou a transação pro dia seguinte, na cidade, com selo, carimbo, estampilha, tudo como manda o figurino. E o samba foi escrito na pauta, pelo Maestro Amâncio Cardoso, que fazia ponto no Nice só pra defender uns trocados escrevendo partitura.

Foi aí que o Cazinho do Estácio começou a morrer, pra dar lugar ao Oscar das Dores, festejado compositor popular. Que só depois eu vim saber quem, de fato, ele era!

Por essa época, eu tinha muita curiosidade de conhecer o tão falado Estácio. Aliás, não o Estácio propriamente dito, mas o Morro de São Carlos, que era o reduto deles, dos bambas, dos valentes, dos catretas, daqueles elementos que, naquela época, eram tão falados. Pro bem e pro mal.

Aí, fomos. Eu, Lelinho e o... Mário, o "rei da cocada preta". Quem levou a gente foi o Oscar. Que, naquela ocasião, ainda era "Cazinho do Estácio".

Saltamos em Lauro Müller, e coisa; fomos até a Ponte dos Marinheiros, e tal; atravessamos. Dali a pouco a gente estava lá no Compadre.

— *Fala, Edgar!*
— *Fala tu que eu tô cansado, amigo velho!*
— *Como é que vai essa força?*
— *Vou remando, Cazinho.*
— *Esses aqui são meus camaradas lá de Madureira. Tudo meu liga. Vieram conhecer o São Carlos.*
— *Muito prazer: Edgar dos Santos.*
— *Quer dizer que é aqui que está o segredo, né, Seu Edgar?*
— *Depende, moço. Depende do segredo que o senhor está se referindo.*
— *A malandragem...*
— *A disposição....*
— *O ritmo...*
— *Não vamos exagerar. Isso aqui hoje vive mais da tradição: é um morro de gente boa, prestativa, amiga. Só que tem que, quando o sujeito é obrigado a tomar uma atitude, ele toma mesmo.*
— *Muito justo.*
— *Mas vocês chegaram aqui muito bem chegados.*
— *Muito obrigado.*

— Então, vamos tomar uma "briônia", pra dar coragem de subir a ladeira.
— "Briônia"?
— É aquela que dá brio.
— Ah! Essa é da boa!
— Ô, Joaquim! Bota aí quatro lambada pra gente!
— Simples?
— Pra mim, é com ferné.
— E uma Cascatinha. Por minha conta, faz favor!
— Tá bom?
— Passa a régua, Joaquim! Tu é pão-duro, hein? Sapeca trezentão, logo, ô galego!

De formas que tomamos aquela cervejinha e acabamos de subir o morro. Com o Edgar, que era do Cais do Porto e estava de folga naquele sábado.

Eu já tinha ido em outros morros, mas o São Carlos era diferente. Tinha boas casas, bangalôs, sobrados... Não era só aquilo de barracão de tábua e telha de zinco. Que tinha, sim. Mas lá pros cantões, lá pra cima, já quase dentro da mata. As casas eram numeradas, tinham pena d'água e pagavam imposto predial. A rua principal tinha um calçamento de macadame, que o Pedro Ernesto já tinha mandado calçar com... pa-ra-le-le-pí-pe-do... Essa palavra é um caso sério, meu senhor! Se não falar devagar, o camarada até destronca a língua.

Mas, como eu ia dizendo, o Pedro Ernesto foi um homem formidável! Foi o maior prefeito que nós tivemos.

De maneiras que, quando a gente chegou lá em cima, num armazém que tinha uma jaqueira no quintal, sentamos lá, e coisa, o Edgar chamou um garoto, deu uma ordem, o menino saiu, e dali a pouco foi chegando o "exército" e os "armamentos": violão, cavaquinho, pandeiro, cuíca e tamborim.

Aí, o Ernesto tirou a viola da capa, riscou um lá maior. Então, Compadre Antônio Linguado tomou uma lapada, temperou a voz e mandou:

"Não sei que magia
O Estácio irradia
Sobre o Rio de Janeiro.
Que me desculpe o Salgueiro,
A Favela e o Querosene,
Mas eu sou do Estácio
E quem não deve não teme."

Naquele tempo o Cazinho era outra coisa, era "outra fritura", como dizia o Filipão. Mas depois virou "Oscar". E, aí, o que queria mesmo era ganhar dinheiro, muito dinheiro, não importava como. Ele encarava o samba como um negócio. Aí, fazia samba a três por dois; em série, como diz o outro: um agora, outro daqui a pouco, outro mais tarde... Tinha dia em que ele chegava a fazer cinco. E não tinha escrúpulo nenhum: copiava dos outros, roubava. Tomava no peito, e o escambau a quatro.

Naquela época, o samba era a coqueluche mesmo. A turma do Estácio tinha inventado aquele samba fácil e gostoso, bom pra cantar andando. E, aí, todo mundo queria.

O espelho dele era o Arnaldo Montenegro, que era o maioral do rádio naquela época. E quem era do rádio ganhava dinheiro, tinha carro, era tudo praticamente milionário.

Então, o Cazinho... Quer dizer... o Oscar conheceu o Montenegro e ficou maluco com a vida de rei que ele levava. Diz que esse camarada andava com um anel que tinha uma pedra do tamanho de um morango, assim, e uma corrente de ouro com uma medalha do tamanho de uma tampa de lata de cera, pesada de pagode. Por essa época, ali por 1932, 1935, ele já era famoso no Rio e em São Paulo. Oscar me contava que um dia foi buscar ele em casa pra saírem juntos, e ele, antes de sair cobriu a cama com notas de cinco e dez mil réis e, depois, sem camisa e com o corpo muito suado, se jogou de costas na cama e disse a ele:

— Olha aí, crioulo! Essa grana toda é minha! E, agora, quando eu me levantar, o que ficar colado no corpo é pra gente gastar com as mulheres. Tira aí e conta!

O camarada levantou, e o cognominado Cazinho foi tirando uma por uma as notas das costas dele. Juntou tudo e contou. Tinha noventa e cinco mil réis, que, naquela época era uma grana de respeito, dava pra comer e beber do bom e do melhor e charlar com as melhores catitas. E aí foi que veio o melhor: Arnaldo Montenegro abriu o guarda-roupa e tinha lá mais de vinte ternos, cada um mais bacana do que outro e começou a conversar com eles:

— Você, Casemiro, não vou sair com você hoje, não, porque você anda muito pesado ultimamente. Não! Não fica triste, não. Daqui a pouco é junho, o tempo vai ficar mais frio, e eu te levo pra passear. Agora, você, Amarelinho, não adianta choramingar, que eu não te levo pra sair de noite, você sabe muito bem...

Dinheiro é um caso sério, meu senhor! Demais, mexe mesmo com a cabeça das pessoas. E o Cazinho... o Oscar das Dores, marinheiro de primeira viagem, achava que aquele mundo de mil maravilhas é que era o mundo dele.

10. Embaixadas

De formas que, então, o tal do Cazinho acabou virando artista. Aliás, nem era mais "Cazinho do Estácio" e, sim, Oscar das Dores, que era o nome dele, mesmo, nos documentos, na carteira de identidade.

Tinha virado artista. E isso encheu o olho de muita gente. Imagina o senhor: o camarada lá, naquela pindaíba, naquele miserê, no barraco, cagando na latinha — desculpe a expressão — porque não tinha dinheiro nem pra comprar um penico, de repente, vê um outro das mesmas condições ganhando dinheiro, andando alinhado, de sapato e gravata, com dinheiro de samba, já viu, né? Qualquer bombardeado que sabia rimar água com mágoa, alegria com orgia, quis melhorar a vida também. E o... Como é que se diz...? O cognominado Mário quis também.

Não que ele fosse um abobreiro. Não era, não! E não era nenhum analfabeto! Um primário, no nosso tempo, valia mais que dez faculdades de hoje. A gente entrava na escola pra aprender uma profissão e não pra ser artista de televisão como hoje. Mesmo porque mal tinha rádio naquele tempo, o que dirá televisão.

De formas que a gente passava o dia na escola: tomava um café com leite reforçado, com pão e manteiga; almoçava, feijão, arroz, bife, ovos; estudava, fazia ginástica... só voltava pra casa no comecinho da noite. E todo ano tinha inspeção de saúde, pra ver se a gente estava em forma. Era, como diziam os antigos, *mens sana in corpore sano*. Viu só? Até latim a gente aprendia. Porque o sujeito, quando sabe um pouquinho de latim, dificilmente erra no português.

Eu até hoje me lembro: nominativo, acusativo, genitivo, vocativo, dativo e ablativo. Parece escalação de time de futebol, né? "Jaguaré, Brilhante e Itália; Tinoco, Fausto e Mola; Pasqual, 84, Russinho, Mário Matos e Santana..."

Mas não é, não! É latim, meus amigos: *rosa*, a rosa; *rosam*, à rosa (com crase); *rosae*, da rosa; *rosa*, com a rosa... como é mesmo? A memória já não é a mesma daquele tempo. Mas o que eu quero dizer é que naquele tempo é que era, meu amigo. Tinha palmatória, castigo, ajoelhar no milho... Mas a gente aprendia mesmo.

Quer ver uma coisa? O amigo já ouviu falar no Maestro Francisco Braga? Claro! O autor do "Hino à Bandeira": "Salve lindo pendão da esperança...". A letra é do Olavo Bilac. Mas a música é dele, que foi um grande compositor de música clássica. Pois muita gente não sabe que ele estudou interno no Asilo dos Meninos Desvalidos, que depois virou Colégio João Alfredo, em Vila Isabel. A Escola Quinze, em Quintino, o Ferreira Viana, em São Cristóvão, todas tinham a banda de música.

E era tudo escola pública, patrão!

De formas que, como eu ia dizendo, o cognominado Mário não era nenhum analfabeto, não. Estudou na Escola Mauá, lá em Marechal. Teve que largar, quando o pai morreu, mas aprendeu muita coisa boa. Aprendeu a falar, comer de garfo e faca, se comportar... E ainda aprendeu alguma coisa de mecânica, motores, marcenaria, fundição... E um pouco de música, o que foi muito importante pra ele.

Pois bem: o negócio é que ele viu no samba um caminho pra melhorar de vida e de ambiente. Já que se podia ganhar dinheiro com samba — e ele sabia fazer direitinho —, o crioulo caiu dentro. O grande exemplo era o tal do Cazinho, agora Oscar das Dores que, de "capadócio", como malandro era chamado antigamente, tinha virado artista.

Cazinho era livre, levava a vida que queria, sem dar satisfação a ninguém. Nem pai, nem mãe, nem mulher, nem filho. Não tinha nascido pra viver na gaiola, como costumava dizer. Mas o caso é que Oscar das Dores, ex-Cazinho do Estácio, era largado mesmo, não tinha compromisso com por... com porcaria nenhuma — me desculpe a expressão. Já o... Mário, verdade seja dita, era muito bom filho. E, depois que o pai morreu, virou arrimo de família, quer dizer, da mãe dele. Porque eram só ele e a mãe. De quem ele, diga-se de passagem, gostava muito. Mas muito mesmo!

— *Sabe, Oscar: o caso é, pra conseguir essa liberdade, pra voar alto, como você diz, eu tenho que abrir mão de muita coisa. Do meu lugar, do meu pessoal... E até da minha mãe eu vou ter que me desligar um bocado.*

— *Ah! Quer dizer que tu é filhinho da mamãe, é, ô crioulo?! Bem que eu andava desconfiado...*

— *Não se trata disso, Oscar. E eu falo sério. Depois que o finado meu pai faleceu, eu...*

— *Deixa de ser trouxa, rapaz. Cobra que não anda não engole sapo. O samba está dando uma boa grana, e os grã-finos estão pagando bem. Tu arruma tua vida, e aí vai ter condição de melhorar a da tua mãezinha também, mano velho!*

— *Mas o meu pessoal, meus camaradas...*

— *Amigos, amigos, negócio à parte, rapaz! Como diz o outro, "farinha pouca, meu pirão primeiro". E o pirão tá gostoso de pagode, meu truta!*

Verdade seja dita, ele nunca se meteu em coisa errada. E vocês devem saber que, naquela época, no nosso ambiente, arrumar uma colocação, um serviço, era coisa muito difícil. Aí, a moçada se virava como podia. Muitas vezes até fazendo coisa que não presta, enganando a boa-fé dos ingênuos. Sabe jogo de chapinha? Pois é... Em cada esquina, tinha um.

— *Banca quem pode; joga quem quer, titio!*
— *Você devia era estar na cadeia, seu mariola!*
— *Deixa de moda, ô coroa! Bota um galinho aí, que o senhor pode ganhar uma perna! É só adivinhar debaixo de que chapinha está a bolinha. É sopa, é canja!*

A banca era um tabuleiro em cima de dois caixotes de legumes. Em cima dele, o banqueiro movimentava, embaralhando, rápido, três chapinhas de cerveja, sem a cortiça. E, embaixo delas, uma bolinha, levezinha, feita de rolha. O jogo consistia em o apostador adivinhar embaixo de qual chapinha estava a bola. Se adivinhasse, ele ganhava o dobro do que tinha apostado.

— *Eu boto dez.*
— *Feito!!! E rola a bola e rola a bola... Quem não arrisca só ganha esmola... Este é o carinho que a todos consola! Certo!*
— *Opa! Ganhei!*
— *Valeu, garoto de sorte! Jogou dez, ganhou vinte.*

O camarada era um "agá", de truta com o banqueiro. Fingiu que ganhou, como chamariz, pra os otários pensarem que o jogo era à vera. Que nada! Com aquela unha comprida, e mexendo os dedos feito um grande pianista, um Nonô, um Aurélio Cavalcanti, o Alvaiade engrupia todo mundo. Debaixo da unha é que escondia a bolinha. E aí ninguém acertava debaixo de que chapinha ela estava.

— Mas isso é estelionato!
— Não, senhor! Mesmo se algum apostador fosse da minha patota, e estivesse mancomunado comigo, o que não é o caso, qualquer pessoa de sorte podia chegar aqui e adivinhar onde está a bolinha.
— Você é um vigarista, rapaz!
— E o senhor é um ferida, velhinho! Sai fora! Tira esse cavalo da chuva. Eu sou apenas um profissional da tavolagem. Tenho licença da Prefeitura.

Tinha também a ronda. Mas aí era com baralho.
Depois de embaralhar as cartas, o dono do jogo mostrava duas, em geral um ás e um valete. Com as duas ali expostas, ele tornava a embaralhar e aí mostrava o maço aberto — assim, ó — pros apostadores darem o "confere". Aí, cada um fazia o seu jogo, apostando se era o valete ou o ás que ia sair primeiro.

Feito isso, ele começava a sacar as cartas, uma por uma. Se saísse primeiro o valete, ganhava quem apostou nele; da mesma forma, o ás. Mas o jogo era sempre maceteado, com o dono usando de artimanha pra beneficiar um parceiro, que se passava por apostador. Por isso, era muito importante o modo de embaralhar as cartas; e o banqueiro que se dava melhor era o que, antes de fazer a carta aparecer, já sabia qual era. Daí é que veio essa coisa de "carta marcada", que era aquela que o malandro identificava só pelo tato.

Aos pouquinhos, a moçada foi vendo que o samba também era um jogo, feito chapinha ou jogo de ronda. E foi nessa que o cognominado Mário virou parceiro do Oscar das Dores. Parceiro, não: sócio. Porque a jogada deles acabou virando um comércio.

Feito pintor de quadro, sabe como é que é? Que pinta por encomenda, e aí tem que ser rápido pra entregar, receber a grana e atender a outras encomendas. E, quando não tem encomenda, vai procurar freguês na rua, na noite, nas galerias, nos pontos. E aí, de artista, acaba... desculpe a expressão... se prostituindo.

Pois bem: os dois viraram unha e carne. E, como já era de se esperar, o cognominado Mário acabou levando o "artista" pro nosso meio, pro nosso grupo, pro nosso Carnaval. E ele chegou diferente, de roupa diferente, falando diferente, e com umas ideias completamente fora daquilo que a gente pensava.

— *Esse negócio de cordão é coisa do tempo do Onça, meus camaradas! Do tempo em que se amarrava cachorro com linguiça. Isso é coisa de africano, de escravo, de preto tu. E nós já estamos em outro tempo.*
— *Bem... Eu acho que...*
— *Vocês já ouviram falar no Resedá: Ameno Resedá?*
— *É um clube...*
— *Um clube que sai no Carnaval desde 1907. Como se fosse um teatro. Com orquestra, tocando musica clássica... Assim é que tem que ser.*
— *Mas nós não...*
— *Não vou dizer que vocês... Ou melhor: que nós vamos fazer um teatro, igual ao Resedá. Mas pelo menos podemos copiar alguma coisa. Os bons exemplos...*

Como, de fato, o tempo já era outro. Mas isso não queria dizer que a gente tinha que começar a fazer tudo diferente, como se fazia lá fora, na França, na Inglaterra, na América do Norte. Mas o tal do Garcez — o careca metido a advogado — pensava assim. E instigava.

— Nos Estados Unidos, a gente vê nas revistas, os crioulos já estão no teatro, escrevendo livros, fazendo filmes, tudo bacana, de sobretudo e chapéu-coco. Tem associação de preto lá com mais de vinte e cinco mil pessoas. E esses pretos não são pés-rapados, não! Tem médicos, advogados, professores... Porque lá, desde muito tempo, já tem faculdade só pra pretos e mulatos...
— Que lá é tudo a mesma coisa: escapou de branco, preto é.
— Eles fazem lá peças, musicais, teatro de revista, só de preto, inclusive quem escreve e faz a música é preto também.

De formas que esse Garcez instigava a gente.
Pra mim, isso era uma grande besteira: preto, branco, mulato, pra mim, é tudo a mesma coisa. O que vale é a moral do sujeito, não é mesmo?
Mas o "Mário de Madureira", como era cheio de nove horas, cheio de novidade, entrou nessa também. Principalmente depois que começou a viajar: Petrópolis, Caxambu, São Lourenço... Nessa, ele foi até em São Paulo. E, aí, voltou diferente, de cachecol, sobretudo... Até fumando cachimbo. Cheio de ideias.

— Em São Paulo, o povo de cor tem outra cabeça, amigo velho. Você já ouviu falar na Frente Negra?
— Eu, não! O que que é isso?
— É... como se diz? É uma sociedade de pessoas de cor. Mas não é baile, festa, essas coisas. É uma sociedade organizada por pessoas de cor, mas formadas: contadores, enfermeiras, professores, funcionários... Tem operário, também, mas que lê jornal, entende de política...
— E o que que eles fazem lá?
— Eles se reúnem pra discutir os problemas das pessoas de cor. Os nossos problemas.

— Nossos? Mas eu não tenho problema nenhum, mano! Aliás... Retifico: tenho problema, sim, mas é só no meu ordenado, que não chega até o fim do mês. Eles lá resolvem isso?

Ele disse então que a Frente Negra era uma associação, mas quase um partido político. Tinha sido fundada com o objetivo, conforme estava lá num jornal que ele me mostrou, de "unir a gente negra para afirmar seus direitos históricos e reivindicar seus direitos atuais". Os mandachuvas eram um tal de Arlindo Veiga, que parece que gostava do integralismo, e um outro por nome Correia Leite, que era meio "vermelho". Tinha também um Não Sei o Que Lucrécio... Agora, imagina: de um lado um crioulo camisa-verde, do outro um mulato bolchevista. Não podia dar certo, né? Mas chegaram a ter um jornal. E foram até recebidos pelo Getúlio, no Palácio de Petrópolis. Assim ele me contou.

— Quem me levou lá foi o Benedito Toledo, que é um paulista meu amigo do peito. Quando cheguei lá, fiquei embasbacado. Puxa vida! Que coisa formidável! Moças, rapazes, senhoras, senhores, tudo assim da minha cor. E tudo alinhado, bem trajado, educado, falando bonito, com aquele sotaque de italiano. A primeira coisa que eu pensei foi no nosso pessoal aqui, de camiseta, tamanco, carapuça, jogando ronda, bebendo cachaça e carregando caixa na cabeça.

— Aqui, o preto melhora um pouquinho, quer logo arranjar uma branca. E ainda diz que é pra limpar o sangue.

— Aí, fui lá diversas vezes. Era na Liberdade, um bairro que tem lá. Inclusive, fui no aniversário. Estavam lá aquelas delegações do interior, e a Frente alugou bonde especial pra buscar eles na estação do trem, a Estação da Luz, que é a Central de lá. Vinham adevogados, médicos, professores, tudo de cor. Aí foi que eu vi que a gente podia ter uma coisa dessas aqui. E tu precisa ver como eles falam bonito.

O Brasil nunca teve esse negócio. Aqui, tendo dinheiro, preto, escurinho, mulato, sarará, caboclo, é tudo bem chegado. Mas ele estava mesmo entusiasmado com a tal da Frente Negra.

— *Companheiros e companheiras! Irmãos e irmãs! Povo de São Paulo! Nossa entidade é uma associação política e social das pessoas de cor. Ela foi criada para afirmar os direitos históricos do nosso povo. Direitos que nossos antepassados conquistaram para nós, com seu trabalho; e que nós temos que reivindicar. A Frente foi fundada aqui em São Paulo mas sua influência precisa se irradiar para todo o Brasil. Ela é uma força social. E o nosso objetivo é a elevação moral, intelectual, artística, técnica, profissional e física da gente de cor, da nossa gente. E, para isso, precisamos criar cooperativas econômicas, escolas técnicas e de ciências e artes, e campos de esporte. A Frente Negra é uma força política organizada. E, para alcançar nossas finalidades, vamos pleitear também nossa candidatura a cargos eletivos e de representação.*

Mas aí, depois, foi tudo por água abaixo.

Mesmo porque isso era imitação de americano. Naquele tempo, não tinha televisão, cinema era pouco, mas as notícias chegavam. Demoravam mas chegavam.

O Rob Marujo, por exemplo, era uma espécie de... como dizer? Divulgador. Era uma espécie de divulgador, publicista, das coisas que aconteciam lá fora. Como era da Marinha, da Marinha de Guerra — inclusive chegou a subtenente —, ele viajava pra todo canto e trazia as novidades. Principalmente da América, que era os quindins dele. Por isso é que era "Rob", pseudônimo que ele mesmo inventou. Porque o nome dele mesmo era Roberval. Roberval Santana, baiano de Maragogipe, como ele gostava de dizer.

— Precisa ver o Harlem, mano velho! Aquilo é que é! É os nossos irmãozinhos de cor mandando mesmo pra valer. Sem branco nenhum pra dizer isso ou aquilo. É tudo poeta, escritor, crânio, falando grosso.

— Mas o que que é esse tal de Harlem? É um lugar?

— É um bairro, bróder! Na ilha de Manrátan, a noroeste do Central Park, entre as Avenidas Central Park e Lenox. Na margem direita do Rio Harlem. Lá o povo de cor tem comércio, time de basquete, boate... Quer dizer, quem tem a grana, mesmo, são judeus. Mas eles são assim com a negrada, meu irmão! Tu precisa ver.

— E curimba, tem lá?

— Que curimba, camarada! Eles são tudo bíblia. Mas não são igual a esses bíblia otário daqui, não! Lá, o culto deles é a maior farra, a maior animação, com aqueles corais... Péra aí. Pensando bem, o culto deles é uma espécie de curimba, sim! Quando o negócio esquenta lá, tem crioulo que quase que sai voando pela janela. Recebem santo, sim! Só que o santo deles eles chamam de Saint Spirit, quer dizer, Espírito Santo.

— Deve ser engraçado! Nego receber santo em inglês.

— E bola, pelada?

— É basquete, cumpadre! Tu nunca ouviu falar no Harlem Globetróti? Pois então? Eles jogam muito e ainda fazem um montão de palhaçadas e acrobacia. É um colosso! Mas é mais um time de circo, de teatro, mesmo. E correm o mundo inteiro se exibindo. O sonho de todo moleque lá é entrar pro Globetróti.

— Mas deve ser difícil, né?

— Difícil pra chuchu!

🦎

Mas a gente não podia entrar nessa de imitar tudo o que vinha de fora. Nem deixar que aqueles camaradas que vinham lá de baixo dissessem o que era bom e o que não era bom pra nós: eles dando as cartas, sozinhos, e os arigós dizendo "sim, sinhô".

Seu João Briola, homem decidido e de muita moral, foi o primeiro a soltar os cachorros.

— O cidadão não me leve a mal, mas eu desconcordo. Nós sempre fizemo nossa brincadeira como os mais velho fazia. Eles vinhéro das fazenda, do eito, do sacrifício, mas sabia brincar. E a nossa música e a nossa dança, do jeito que é, serve muito bem pra nós se adivertir. Nós num tem nada que mudar nada. Música é adivertimento, num é trabalho. Nós tem que ter é mais união, se ajudar um ao outro. Isso é que é bonito!

De maneiras que a maioria não aceitou as novidades. Seu João bronqueou, e eu reagi também. E, naquele Carnaval, o copo transbordou.

O caso é que, quase na hora de a gente entrar, o "Mário" chegou, na Praça Onze, com o tal do Oscar das Dores, os dois vindo de uma viagem a São Paulo. Ele achou que o outro, só porque era artista de rádio conhecido, tinha o direito de sair dentro da corda com a gente. Mesmo não estando vestido nas nossas cores. Eu me estourei. Estourei mesmo. Porque, naquela altura, o cognominado "Mário de Madureira" já tinha me enchido as medidas; e há muito tempo que eu estava pra dizer uma certas coisas pra ele. E aí, foi que o caldo entornou, de verdade.

— Quer saber de um negócio? Você está muito mal enganado a respeito de umas determinadas coisas, mocinho! Focinho de porco não é tomada, não. Eu sei aonde tu quer chegar. Mas não é nas costas da gente que tu vai se criar, não, tás me entendendo?

— Calma, Jovem Nal. Calma no Brasil!

— *Calma é o cacete! Formiga que quer se perder, cria asa, rapaz; e essa asa aí que tu criou já tá perdendo! Eu tenho é pena de você, compreendeu?*
— *Você está nervoso, Nanal...*
— *E vou lhe dizer mais: eu sei qual é o teu negócio. Tu vem com essa conversa de João sem braço pra cima da gente, mas quem não te conhece é que te compra, porra!*
— *Isso não são termos, meu ilustre diretor.*
— *Eu sei da tua parada qual é, rapaz! Tu é...*

Aí, eu disse, com todas as letras, tudo o que eu sabia que ele era...
Não sei se vocês sabem que o certo, mesmo, é "veador", que era o camareiro ou camarista da rainha, no tempo do Império. O elemento, pra ser camareiro da rainha — Seu Braz Lopes foi que me ensinou —, tinha que ser delicado, meio assim mariquinha. Aí, a palavra caiu na boca do povo e ficou assim: "Ô, viádor! Olha lá o viádor". É isso mesmo, com pureza d'alma! Vê só no dicionário! E... com licença da má palavra... "puto" também. Não era nada disso. Vem do latim "*putus*", rapazinho, menino. Tanto que, em Portugal, é assim que se chama qualquer garoto. Seu Braz Lopes foi que disse.

Eu, na realidade, o que eu não tenho é queda pra escrever. Mas leio muito. E, aí, guardo essas coisas.

Se eu soubesse escrever... Hummm! Essa história dava um livro, não dava?

Mas, como eu ia dizendo, eu abri o verbo mesmo. Com todas as letras. Aí, ele foi perdendo aquela calma dele.

— *Você já está se excedendo, Venal! Cuidado, hein?!*
— *Isso aqui é casa de família, seu safado! E quem não é de família não tem moral pra botar banca aqui dentro, não!*
— *Eu nunca imaginei, Giovanel!*

— E cala essa boca senão eu te meto a porrada, te quebro todo, seu fanchone, quer ver?
— Eu sempre lhe tive consideração, Juvinol. E você está me faltando com o respeito. Olha que eu...
— O quê? Cisca aí pra tu ver se eu não te meto o ferro!
— Você prova isso que tá falando, Chifre Nal? Olha que eu te processo, hein? Calúnia, injúria e difamação...
— Ah! Tá trepado? Cai dentro, vem, pra tu ver só uma coisa!
— Eu não vou bater boca com um bunda-suja como você, Jovem Nulo!
— Você não é melhor que ninguém aqui, não, tás me ouvindo?! Não pode humilhar a gente só porque canta no rádio e vai a São Paulo. Tu é puto...
— Chega! Agora, chega! Você já passou do limite: já me encheu as medidas!

Aí, o pau rolou, gente boa! E só acabou no dia seguinte, muito longe dali. Porque ele podia ser o que fosse, mas... brigava direitinho. Na mão. Então, ninguém puxou navalha, revólver, nem nada. Eu só tirei o tamanco e enfiei nas mãos, como a gente fazia. Ele, não, porque nunca saía na rua de tamanco ou de chinelo.

E foi assim que a porrada... Desculpe... Foi assim que o pau comeu, mesmo, na mão. Os dois. Na mão e na perna.

Primeiro, ele me deu um tapa. Assim, ó! Com a mão espalmada. No meio dos "corn"... No meio da cara. Eu não ia deixar isso ficar assim, está me entendendo? Então, mandei-lhe a perna. Mas ele pulou, ficou pequenininho. E, aí, mandou também. No meio dos meus peitos.

Ah! Então, já viu, né? Aquilo me fez o sangue subir ainda mais à cabeça. Então, eu mandei um direto de esquerda, daqueles tipo Joe Luís. Mas ele se esquivou e me deu um socão bem aqui, ó. Que soco, meu chapa! Que soco!

Ninguém chegava perto pra desapartar, que ele não deixava. E a molecada já estava bem era gostando daquele espetáculo. Ele, pimba! Eu, pumba! Ele, pou! Eu, vapt! Ele, vupt! Eu, xapt!

Isso tudo andando, correndo, pulando, batendo, xingando, caindo, levantando, falando, gritando... Dali a pouco, o povo já estava gritando também, naquela vibração, feito torcida de futebol. Já tinha até aposta. E a gente, lá: lesco, vapt, pum!

Eu já nem tinha mais ideia de onde é que eu estava. E nunca imaginei que tivesse tanto preparo físico: Estrada Marechal Rangel... Largo do Neco... Largo de Vaz Lobo... Estação de Irajá... Vila Rangel... Vila Mimosa... Pau Ferro... Freguesia... E a gente lá, o pau comendo: Vapt, vupt, pou, pimba! Mas, de repente, eu vi a igreja e gritei: "Valei-me, Nossa Senhora da Apresentação!"

Meus amigos, eu estava todo arrebentado, sujo, rasgado... mas em pé. Nunca tinha acontecido aquilo comigo! E ele só parou quando eu gritei pela santa. Aí, ele — me lembro como se fosse hoje — se ajoelhou, ali mesmo, debaixo daquela mangueira que tinha lá, fez o sinal da cruz, sacudiu a poeira do terno de linho e entrou na igreja.

Foi nessa que eu aproveitei e piquei a mula, dei no pira.

Peguei um bonde que ia fazendo aquela curvinha lá em cima, pra voltar pra Madureira, e depois daquele dia só voltei lá na Irmãos Unidos quando soube que ele tinha se afastado, ido cantar em outro terreiro... Com medo de mim, naturalmente.

෴

Mas o caso é que, depois dessa briga, começaram a espalhar um montão de baboseiras sobre mim, ele e o Lelinho, veja só!

Difamação mesmo braba. Coisa baixa, suja.

De mim, ninguém tinha o que dizer, que eu nunca dei motivo. Mas dele, eu sabia muita coisa mesmo.

— *Não sei, não, eu não vi. Estou vendendo o peixe conforme me venderam.*
— *Mas será que é mesmo? Um rapaz tão forte, tão alinhado.*
— *Pois é, né?*
— *Dizem que tudo começou com o Febrônio.*
— *Febrônio? Aquele louco? Aquele anormal? Aquele monstro?*
— *É anormal, mas não é monstro, não! É até bem falante, inteligente...*
— *Está preso, não?*
— *Foi preso em 1927, depois de estragar um bocado de garotos.*
— *Estragar e matar.*
— *Ele passava a conversa nos meninos e matava os que não cediam.*
— *Um monstro!*
— *Aí foi pra perícia e constataram que era um maníaco, um sádico. Mas com uma lábia danada. Prometia mundos e fundos, até emprego. E os garotos caíam.*
— *Quer dizer que ele...*
— *Dizem. E eu estou vendendo o peixe conforme comprei.*

O Lelinho, como de fato, morava comigo. Minha mãe já tinha ido, ele também não tinha ninguém, e aí o povo ficou com aquela cisma.

Mas eu sabia quem tinha feito o veneno. Então, o próprio Lelinho achou por bem procurar o caminho dele.

⁕

Mas a Fontinha também tinha muita coisa bacana, interessante. Quer ver só?

Vocês já devem ter ouvido falar no Maestro Txaikóvis, não? Pois bem: quando esse maestro veio ao Brasil, o colega dele, Vlaz

Lobo, que era muito chegado ao nosso pessoal, resolveu mostrar a ele como é que era a música brasileira. Aí, pediu ao Zé Brinjela, que era uma espécie de diretor de todo o mundo do samba, pra reunir uma turma pra ir tocar no navio onde o Txaikóvis estava hospedado. Já pensou tocar num navio?

— *Eu não vou nessa, não, mano! Já pensou se essa porra afunda? Eu, hein, Rosa!*
— *Deixa de ser arigó, ô, Genésio! Navio, embaixo, é todo feito de cortiça, rapaz! Tu já viu cortiça afundar?*
— *E o* Titanic, *não afundou?*
— *Ah, mas aí foi outros quinhentos: o* Titanic *afundou porque bateu no underberg, numa pedra de gelo.*
— *Conversa! E uma pedra de gelo ia afundar um navio? Gelo é vidro, mano velho! Aí, com a trombada tinha se espatifado logo.*
— *Nós vamos gravar um disco, rapaz! Tu vai perder essa boca?*
— *Gravar como?*
— *Botar nossa voz, cantando, e nossa batucada lá, naquela bolacha preta...*
— *E tu acredita nesse negócio de disco, gramofone, essas coisas? Isso é tudo truque, camarada! Pra enganar os trouxas.*
— *Seu Figner, aquele gringo que veio aqui naquele dia, grava até voz de alma do outro mundo, rapaz! Ele é catreta mesmo nessa jogada, Genésio.*
— *Aquele gringo é espírita, Bento! Não é radiotécnico, não! E esse negócio de espiritismo é muito perigoso. Eu, hein?! Ainda mais no mar. Se tu quer ir, tu vai. Mas eu não vou nessa, não, mano!*

De formas que nós fomos pra lá mostrar a nossa batucada. Tinha gente do rádio, também. E gente fina. Estava lá o Pixinguinha; Jararaca e Ratinho; Augusto Calheiros; aquele clarinete, o

Luiz Americano... E tinha mais. Do samba, estava lá o Tiófilo da Cancela, o Zé Com Fome, o Zé Brinjela...

Jararaca e Ratinho cantaram lá aquelas emboladas deles, mas ninguém ria: os gringos porque não entendiam nada e não podiam achar graça nenhuma, e os brasileiros porque estava todo mundo nervoso, uns com medo de errar, outros com medo de morrer afogado.

Depois, o Tiófilo da Cancela cantou com as pastoras, e a gente fez lá o ritmo pra eles, acompanhando. Esse Tiófilo era muito prosa, só porque sabia ler na pauta. Então, olhava pra gente assim meio de lado, de cara amarrada, pra dizer que o ritmo não estava certo. Aí, fazia assim com a mão, pra ir mais devagar ou mais rápido.

Vlaz Lobo só ria, com aquele charutão. Mesmo quando a gente errava. Mas o Tiófilo parece que queria ser mais maestro que a música. Já o Ernesto, compadre dele, mulato calmo e simpático, era o que mais se divertia, tocando o violão, mas de olho na mão esquerda do Dilermando de Almeida, que era o violão principal.

O melhor foi na hora que o Zé Brinjela começou a cantar lá os pontos de macumba dele. Não sei se vocês sabem que o Zé Brinjela era pai de santo e tinha um terreiro no Engenho de Dentro. Pois é. Então, ele foi apresentado como "Rei Alufá". E esse nome, "alufá", era como os baianos antigos, da linha de muçurumim... Não! Eu nunca tive nada a ver com isso, não, meus amigos! Eu sou católico apostólico romano! Fui batizado na Igreja da Lampadosa, lá na Avenida Passos. Eu sei dessas coisa, "muçurumim", "nagô", "congo", "guiné", porque ouvi muito falar. Eu andava no meio deles, né? Tinha muito feiticeiro, macumbeiro, gente que lidava com coisa pesada. Mas eu sempre fui católico.

Mas, como eu ia dizendo, o Zé Brinjela começou a cantar. Se não me falha a memória, o Tio Elói, que também era macumbeiro, também estava nessa parte.

De maneiras que o Rei Alufá saudou as entidades dele, puxou lá o ponto, os tambores rufaram, a batucada começou... Búqui-tibúqui-tibúqui... Ah, menino! Nem te conto nada!

De repente, uma gringa lá, levantou, fechou os olhos, deu aquele rodopio e caiu se estrebuchando no chão. O maestro arregalou um olhão, levantou pra socorrer, mas o Vlaz Lobo, rindo, deu uma baforada de charuto na cara dele, e sossegou o colega, mostrando que aquilo era normal, era assim mesmo. Aliás, cá pra nós, aquele charuto do Vlaz Lobo nunca me enganou!

Nessa, a batucada foi crescendo e os gringos caíam um atrás do outro, virando os olhos e se contorcendo todos. E aí foi que aconteceu o pior: o Maestro Txaikóvis virou no santo e recebeu uma preta-velha. Eu, que nunca acreditei naquilo, fiquei estatelado. Como é que pode, um homem daquele, grã-fino, elegante, maestro, americano, todo encurvado, a mão pra trás, fumando um cachimbo (o dele mesmo, com aquele fumo inglês, cheiroso) e falando aquela arenga de africano?

— *Suncês num sábi cumu essa música é importânti, mizifío! Humm-humm! Êssi cumu diz êssi, é a frô amorosa di treis raças triste, mizifío! Essa música de suncês um dia inda vai sê ricunhicida cumu umas das treis mió música du múndu. Vai tocá ni rádio, vai vendê muntu díscu, vai tocá ni cinema... Vai viajá u múndu todo... Vai trazê múntu dinhero pru Brazí, vai fazê munta gente filíz.*

Aquilo não podia ser mistificação. Um maestro não pode ser marmoteiro, ainda mais com aquele nome! Aí, a entidade fez lá um sinal com a mão e o tambor deu um rufo, daqueles pra chamar atenção pra um comunicado importante. Que veio assim:

— *Só qui tem uma coisa. Êssi cumu diz êssi, essa frô amorosa, é bunita mas tem que sê bem cuidada! Si num fô, um dia vem u Bixo Ruim, u Olho Grândi, e aí, ó!!!*

Vocês me desculpem este gesto feio. Mas foi assim mesmo que a Vovó do Maestro Txaikóvis fez. Assim, como se estivesse dando uma... Desculpe a expressão... Como se estivesse dando uma "carcada" na música brasileira.

🙦

Nessa época muito artista estrangeiro vinha ao Brasil, pra conhecer o samba. O Valdísney, por exemplo, foi um dia lá na Portela. Foi recebido pelo Paulo e tal. E teve uma boa lá nesse dia também. E pouca gente soube dessa.

Foi do Tóti, um dos camaradas mais enjoados, mais cacetes, mais inconvenientes que tinha lá naquelas paradas, naquele tempo.

Sabe aquele cara "gominha", que gruda e não te larga? Hoje se diz "mala". Naquele tempo, era... sei lá.

Pois não é que o cara cismou que Valdísney tinha que desenhar ele, fazer o retrato dele? E o mais chato ainda é que ele sabia umas três palavrinhas em inglês.

— *Mister Valdísney, plíss! O mister não want me dizáign? Letsgou! Mi caricaturáize!*

Aí fazia uma gracinha sem graça que ele gostava de fazer, botando a língua pra fora e mexendo os braços, assim, mole, feito cachorro.

Na primeira, o desenhista deu um riso amarelo e saiu fora. Mas o bobalhão foi atrás, todo se balançando.

— *Plíss, Mister Valdísney! Caricaturáize mi!*

Depois da terceira ou quarta investida, o artista já estava que não aguentava mais. Todo canto que ele ia, estava lá o cri-cri, o chato, com a língua pra fora, naquela pantomima. Até no quartinho, no mictório, na hora que o Valdísney precisou ir lá verter água.

— *Plíss, plíss!*

Lá pras tantas, Valdísney, de repente, de sacanagem, meteu mão na cinta como se fosse puxar um revólver. E o chato lá, de língua pra fora.
O desenhista, então, tirou do bolso de dentro do paletó um bloco e um lápis nº 4, bacana, especial. Olhou bem pra ele, deu uns dois ou três ou quatro rabiscos no papel, assinou, destacou a folha e entregou pro "modelo".
Tóti olhou e tal, não entendeu direito. Mas era ele, sim, com aquele corpo magro, comprido, desengonçado; aquele sapatão, aquelas orelhas caídas, aquela cara de cachorro otário.
Ele ficou meio queimado com aquilo. Em vez do retrato dele, o Valdísney tinha desenhado um cachorro. Mal sabia ele que naquele momento ele tinha entrado pra galeria dos personagens do pai do camundongo Mickey.

11. Isaura

Por essa época, Isaura estava na Piedade, morando numa casa boa. Que um gabiru, misterioso, cheio da gaita, montou pra ela, coitada! Só muito depois eu vim saber quem era.

Naquele tempo, Piedade era a "cidade" do subúrbio da Central. Tinha confeitaria, charutaria, farmácia; o Magazine Novo Século, que vendia de um tudo... Um comércio formidável! Tinha um cinema, o Jovial; o Cine-teatro Piedade, que passava umas peças boas; e colégios, tinha o Ginásio Piedade e o Colégio Brasil. Ah! E tinha o Clube River, com um campo de futebol muito bom. E tinha as chácaras, lá em cima, no pé da serra: Assis Carneiro, Sylvio Capanema, Manuel Vitorino, Bertoldo Klinger, políticos, magnatas, tudo tinha chácara lá em cima. Piedade foi o primeiro subúrbio a ter luz elétrica, compreendeu?

Então o proxeneta, o cafifa, o rufião, querendo bancar o coronel, botou lá uma casa pra ela. E lá a bobinha ficava de flozô, na flauta, na fuzarca, fazendo o que bem entendia. Quando me deram o serviço, eu resolvi ir lá. Mas ela me despachou do portão.

— *O que é o que você está fazendo aqui, seu abóbora?*
— *Preciso falar contigo, Isaura.*

— Eu não tenho nada pra conversar com você.
— Isaura... Eu queria te tirar dessa vida. Você não merece isso!
— Quem manda na minha vida sou eu, meu faixa! E tu não estás vendo que tu não tens condição nem de lamber o salto do meu sapato, seu fracassado?!
— Isaurinha, meu amor...
— Desguia, ô brederodes! Sai dessa!
— Você não era assim...
— Quer saber de uma coisa? A Vanda me deu tua ficha todinha! Me contou teus podres todos. Tu não engana mais ninguém, não, ô arataca! Ela me contou teu segredinho, me disse direitinho a fruta que tu gosta! E ainda por cima querendo casar, né? De que que eu me livrei, hein? Desguia, seu anormal! Vanda me contou tudo. Some da minha frente! Anda!

Não entendi nada do que ela me disse, meu amigo. Só entendi é que a tal da Vanda, não sei por que, tinha feito minha caveira. Não sei por quê...

Sair de baiana, naquela época, todos os malandros saíam. Era Carnaval, poxa! Não era o meu caso, mas muitos saíam até pra esconder melhor a "sola", a navalha... "Sola" queria dizer Solingen, que era uma marca alemã.

De formas que a descarada da Vanda me difamou. Parece que começou a espalhar umas calúnias a meu respeito. Que eu era isso, que eu era aquilo... E o Lelinho, coitado, também na berlinda.

Vocês não fazem ideia de como eu fiquei!

Mas, depois, eu soube como começou essa pinimba dela comigo...

O negócio é que ela se fazia passar por espírita, cristã, caridosa, mas não era nada disso. O que ela era, na batata, era feiticeira, da barra-pesada, do baixo espiritismo. Esse tipo de coisa começou a ser mais controlado pela polícia em 1927. E eu, numa ocasião, conversei sobre isso com um conhecido meu, que era investigador.

— A senhora está presa, incursa no artigo 157 do Código Penal.
— Mas o que eu fiz? Não entendo.
— Charlatanismo, curandeirismo e exercício ilegal da medicina.
— Como assim?
— Prática de atos de feitiçaria, explorando a credulidade pública. Meus agentes estão dando uma busca na casa...
— Aqui, doutor! Encontramos: velas, fósforos, azeite, charutos... uma garrafa de parati, um saco de pipocas, uma bacia cheia de quiabos...
— Eis o corpo do delito. E as suas... pupilas... vão ser levadas como testemunhas.
— Eu faço caridade, meu senhor! Essas pequenas são abrigadas aqui...
— Dê-se por muito feliz de não ser enquadrada por exploração do lenocínio. Por enquanto. Porque as investigações ainda continuam.

Ela foi fichada, autuada... Saiu depois que pagou a fiança, mas parece que ainda responde a processo. E meteu na cabeça que fui eu que dei queixa. Faça uma ideia! Eu não tinha nada a ver com aquilo.

Daí em diante, ficou com essa pinimba comigo. Eu soube disso pelo Arnô, que depois acabou sendo o cupincha, o queridinho dela.

Mas a história do Arnô com ela também não acabou bem, não! É que, um dia, o tal bilheteiro da Central, pai da menina assassinada, chegou lá na Fontinha procurando por ela. E acabou encontrando o Arnô.

— Escuta aqui, garoto: essa dona aí, que agora é tua amiga, já foi minha, tás me entendendo? Tô só te avisando que é pra tu...
— Você me conhece de onde, ô Zé das couves?

— *"Zé das couves" é a puta que te pariu! Vê como é que tu fala, que eu não estou de brincadeira, não, moleque! Olha aqui, ó! Tá vendo? Tô trepado! E a fim dela! Onde é que ela tá? Anda! Fala!*
— *Espera aí! Calma no Brasil, meu amigo!*
— *"Amigo" é o caralho! Estou procurando ela há uma porrada de tempo. E, quando eu achar, eu meto-lhe o ferro. E quem estiver com ela vai entrar também. Onde é que ela tá?*

Arnô era malandrinho, mas não era nenhum bambambã. E, aí, murchou diante do bilheteiro, que era um sujeito fortão, assim tipo alemão. Arnô teve que botar o galho dentro. E tirou o time de campo.

⁂

E assim a vida ia indo: dramas, tragédias, farsas, comédias... E, entre um arranca-rabo e outro, estava o samba, gostoso, cadenciado, do jeito que a rapaziada do Estácio tinha ensinado a gente a fazer. Na Penha e no Carnaval.

Mas o caso é que, antes de existir escola de samba, como tem até hoje, o Carnaval de rua ou era pra gente farrear, se divertir e até brigar; ou então se exibir. Pra farrear, a gente juntava e saía à vontade, em grupo, em bloco, de qualquer jeito, "à la vontê", como diz o outro. Aí, o negócio era brincar, cantar, tocar, beber... às vezes até cair, o que não era do meu feitio.

Pra exibição, tínhamos os cordões, ainda meio anarquizados; e os ranchos. Nesses, eram as famílias, banho tomado, todo mundo arrumado, cheiroso, bonito, bem fantasiado.

Lá naquelas bandas da Piedade, pelo que me consta, não tinha samba, mas tinha rancho. E o melhor de todos era o Decididos. Decididos de Quintino.

Rancho era o seguinte: era aquele cortejo, lento, cadenciado, com coro, orquestra, aqueles adereços de teatro, as fantasias representando o motivo, o estandarte... Era uma coisa muito bonita!

O estandarte do Decididos era vermelho e branco, as mesmas cores da Fontinha.

Quando se mudou pra Piedade, Isaura, que detestava samba, tadinha, começou a sair nos Decididos. E saía como figura de destaque, sempre representando o motivo principal do tema.

Saiu de "Vitória-régia", no Carnaval sobre a Amazônia; de "Lei Áurea", na Abolição do Cativeiro, de "Águia de Haia", na homenagem a Rui Barbosa.

Eu ia sempre ver ela, lá embaixo, sem que ela me visse. Eu ia admirar aquelas fantasias dela. Que deviam custar uma fortuna, coitada!

— *Não me interessa quanto custa, porra! E eu perguntei alguma coisa? Tem que ser tudo de primeira, do bom e do melhor, eu já falei! Não tem nada de cetim, não! É seda pura, porra! É veludo, sim! É renda também! E tem que ter muito brilho! Pra cegar esses filhos da puta, essa comissão julgadora de merda! Tem que ser tudo de primeira! A mulher é minha, e quem paga sou eu!*

Aquilo devia custar uma fortuna. Mas era o único prazer dela, coitada!

Imagine você que o rancho era tão importante que até 1950... 50 e pouco, nenhuma escola de samba podia sair muito rica e ganhar todo ano. Porque, aí, o povo dizia que ela corria o risco de "passar a rancho", que era uma coisa superior.

Isso era uma lenda no meio do samba.

Mas, como tudo acaba nesta vida, os ranchos foram murchando, murchando... Enquanto isso, as escolas de samba iam ocupando o lugar.

Na Fontinha, o Pádua e o Garcez — farinha do mesmo saco — faziam e aconteciam.

A gente tava por fora, mas em matéria de bronca, de folha penal, nenhum dos dois sabia qual o que tinha mais processo. E foram eles que acabaram de esculhambar o que a gente estava criando; e que o tal do Oscar das Dores já tinha piorado bastante. Pelo menos na ideia original.

Mas acontece que nosso santo também era forte. Não estou falando de macumba, que eu sou católico, como já disse. Mas a Fontinha tinha quem protegesse. E foi esse quem botou a tal da Vanda no caminho dos pelegos do Governo.

— *Porra, Pádua! Mas como é que tu vai se meter com uma mulher dessas, rapaz? Isso é chave de cadeia. E, ainda por cima, tomar um porre, dizer que está apaixonado, mostrar carteira funcional e abrir o bico sobre a nossa missão! Tu é um merda, Pádua!*

— *Devagar, Garcez, devagar!*

— *E, agora, como é que fica? Essa mulher não vale nada, rapaz! Ela vai sair por aí espalhando essa porra pros crioulos todos. Como é que vai ser agora? Tu tem que calar a boca dela, meu camarada! Tem que calar!*

— *Eu calo.*

— *O que que tu vai fazer? E, se tu fizer o que tem que ser feito, pelo menos faz direito. Não vai me fazer outra cagada!*

— *Deixa comigo.*

De formas que a coisa ia indo assim. A grana era apertada; os sócios que podiam pagavam uma mensalidade e tal... Mas o que a gente apurava não dava pra nada. O que dava, mesmo, pra equilibrar um pouquinho era o livro de ouro, que eu passava no comércio e na vizinhança remediada.

As compras do Carnaval — cetim, papel crepom, lantejoulas, confetes, serpentinas e tudo o mais — eram feitas na mão de um rapaz meu considerado. Tinha nota, tudo direitinho, mas — sabe como é, né? — um dia, uma pessoa maldosa, anônima — está compreendendo? — começou a espalhar o boato, a difamação:

"Fontinha, tem gato na tuba!!!"

Essa frase apareceu pintada... Pintada, não: broxada, escrita com broxa, naquele traço largo, em tinta branca, escorrida, no muro da Central, perto da Estação. E umas três semanas depois apareceu outra, num outro trecho:

"Quem é ladrão já nasce feito!!!"

No mês seguinte, quase no Carnaval, apareceu mais este enigma, broxado no muro:

"De grão em grão, Nanal enche o papo!"

"Nanal" lá só tinha eu, não tinha outro. Eu era o tesoureiro. Então, o negócio era comigo.
Como, de fato, tinha tido um erro nas contas daquele ano. Eu, na confusão do Carnaval e dos meus compromissos, acabei me atrapalhando lá nas contas, num "noves fora". Eu e o Pádua, que fazia a escrituração. Mas isso acontece nas melhores contabilidades. Todo balanço tem sempre uma diferença.
Era coisa pouca, bobagem; eu assinei lá um vale, que eu mesmo redigi, e no pagamento eu ia acertar tudo. Mas aquele deboche no muro me ofendia e mexia com meus nervos. Se eu deixo aquilo sem resposta, eu ia acabar na boca de Matilde, sendo motivo de

chacota. Aí, resolvi tomar uma providência. Enérgica. De homem. Fui ao distrito.

Cheguei lá, e coisa, me apresentei ao comissário — Doutor Cunha Mello —, por sinal um rapaz muito distinto, me tratou muito bem. Aí, peguei, expliquei a situação e tal, mas ele foi taxativo.

— *Muito bem. O senhor quer registrar uma queixa-crime por calúnia, injúria ou difamação, não é isso?*
— *Perfeitamente, doutor.*
— *O motivo é uma ofensa escrita no muro da Estrada de Ferro...*
— *Positivo.*
— *E contra a pessoa de quem é a queixa? Quem é o ofensor, a ofensora ou os ofensores?*
— *Bom... Eu...*
— *O senhor não sabe quem escreveu.*
— *De fato...*
— *E, claro, não sabe onde mora...*
— *Bem... Eu imagino...*
— *O senhor quer apresentar queixa de uma suposta ofensa, contida num escrito apócrifo; e contra um ofensor anônimo, que só existe na sua imaginação.*
— *Eu...*
— *Ora, meu caro senhor! Tenha a santa paciência! Isto aqui é um distrito de polícia e não um consultório sentimental.*

Vocês me desculpem a franqueza, a grosseria do que eu vou falar. Mas aquilo só podia ser coisa daquela filha da puta! Daquela tal de Vanda, querendo me derrubar, não sei por quê. E conseguiu. Porque ali mesmo eu decidi me afastar do Fontinha e ir cuidar da minha vida.

Mas, aí, o destino, né? Sabe como é que é...

Pelo que eu soube, foi assim...

A escola ainda estava parada, mas já formada pra entrar. Eu não estava lá, mas me contaram. Diz que todo mundo estranhou. Estranhou de não estar vendo a tal da Vanda nem o marido. Foi quando alguém veio correndo, gritando:

— Mataram Dona Vanda! Mataram Dona Vanda!

Aí formou-se aquele escarcéu, nego pra cá e pra acolá, feito barata tonta. Engraçado é que ninguém falava no marido. Aí, o finado Carlos Malcriado foi correndo lá, ele e João Gabiroba e outros lá. Diz que eles deram de cara com ela estatelada no chão. Um guarda-civil tentava organizar o local, fazer um cordão de isolamento e tal, o Carlos correu, pra chamar a assistência, ela já revirando os olhos. Aí, o João se agachou pra falar com ela:

— Mas... o que foi isso, Dona Vanda? Quem foi que fez essa malvadeza?

— Eu... Zé...

Quando viu ela se esvaindo em sangue, o que veio à cabeça do Gabiroba assim rápido, em... como se diz... em flash, pá, pou... — conforme ele me contou —, foi que o marido traído por ela, tinha jurado ela de morte. Ele não era valente nem nada, mas, sabe como é, né? Valentia é o momento do homem na sua razão. E ele, orgulho ferido, tinha toda a razão. Só faltava o momento.

Vida de rainha foi o que ele deu àquela mulher! E ela, leviana, fazia dele gato e sapato. E tinha mais: ela era cafetina também. Com aquele negócio, que ela tinha lá, de mãe de santo, de recolher as meninas, ela era mesmo é uma pervertida, uma desencaminhadora. Pelo menos, uma três pequenas nossas lá, que se perderam e caíram na vida, foi ela que botou. Ela tinha também uma transação com um figurão lá de baixo, que eu não vou dizer o nome porque eu não posso provar, assim, na batata.

Só posso dizer que era um trompa da política, naquele tempo. Que deu também uns pontinhos de bicho pra aquela vagabunda! Ela pegou esses pontos e foi aumentando, a ferro e fogo.

— *Não tem conversa! Vocês vão lá e acabam com ele!*
— *É só exemplar, dar um susto, patroa?*
— *Que dar susto que nada! É pra meter a zorra mesmo! Nele e em quem estiver junto.*
— *Igual como no Maneco?*
— *Como é que vai ser, ou como não vai ser, isso é com vocês! O que eu não tolero é nego criando asa nas minhas costas e ainda vir se peneirando pro meu lado. Eu sou muito boa, mas, quando me reto, me reto mesmo! Ele não sabe com que está brincando!*
— *Sim, senhora, Dona Vanda. Nós vamos fazer o serviço direitinho.*

Estou vendendo o peixe conforme comprei. Mas posso dizer o seguinte: naquele tempo quem mandava no bicho lá embaixo eram o Seu Durso, o Vovô, o Palermo... Na Leopoldina, era Seu Pimenta. Arlindo Pimenta. E, nas nossas bandas, era Seu Anizetto... Anizetto Rapozzo (Anizetto com dois "ts" e Rapozzo com "z"duplo). Dono de Madureira até Deodoro. Um santo homem! Deus o tenha! Ajudou muito a escola. E a mim também.

Perdi tudo. Mas tudo o que eu tive, e não foi pouco, agradeço a ele; todo mundo sabe disso. Meu padrinho! Anizetto Rapozzo. Um santo homem!

Mas, como eu ia dizendo, ela não valia nada. Tinha aquela fachada de protetora, e os cambau a quatro, mas o negócio dela era bicho e exploração do lenocínio. Nessa, ela mandava moças pra São Paulo, pro Paraná, pro Rio Grande e até pra fora do Brasil, pro Uruguai, pra Argentina...

⌘

De formas que, naquele momento, quando eu soube que ela tinha sido baleada, eu pensei logo no marido. Porque o corno, mesmo o corno sabido, tem um dia que não aguenta mais. Então, pra mim era o marido, o preto-velho, o Seu Euzébio, que tinha feito aquilo. Por vingança. Crime passional, legítima defesa da honra.

Porque, de repente, nas últimas — conforme disse o João —, ela tentou falar e acabou foi botando uma golfada de sangue pela boca. Mas na roupa, no corpo, não tinha sangue, não.

— *Eu... Zé... Bio...*

Só conseguia balbuciar, e ninguém entendia direito o que ela queria. João disse que viu logo que ela ia morrer. Aí, ele olhou pra ver se alguém ajudava e de repente viu: a uns quatro, cinco metros dela estava o marido, o tal do Seu Euzébio. Estava caído de bruços, uma mancha de sangue nas costas.

— *Parece que correu e levou tiro por trás.*

De formas que foi uma coisa muito triste. E ninguém nunca soube quem foi, quem matou os dois. Eram só suspeitas, palpites, boatos. O Arnô, que todo mundo conhecia como o amante, o gostosão, era o principal suspeito. E foi ele o primeiro a entrar, porque o Doutor Melo Menezes, o delegado, gostava desses casos. Ainda mais crime passional, que era a especialidade dele.

— *Olha a cara do crioulo, Palhares! Diz que não sabe de nada.*

— Eu não sei de nada, não, Doutor. Não tenho nada a ver com isso!
— Mas comer a branca tu bem que sabia, né, seu cafetão de merda!
— Dá um beliscãozinho nele que ele vai saber logo, Palhares.
— Pois, não, Doutor Menezes! É comigo mesmo. Hummm... Vamos ver... Olha aqui, ó: vê se gosta, ô nego besta! Vê só!
— AAhrggggggg... Aiiiiiiiiii!!! Nããoooooooooo!!!!!!!!!! Pelo amor de Deus, Doutor!

O Arnô nunca confessou o assassinato. Mas tudo estava contra ele.

— Por enquanto, nós temos duas linhas de investigação, Menezes. A primeira é rivalidade de samba mesmo. A outra é um crime passional.
— Isso é pinimba de crioulo, Petra! Não passa disso. Essa negrada vive se arengando, rapaz. Já vieram assim no navio negreiro.
— Não! Eu acho que tem coisa de ciúme, de vingança, nesse angu. Eu vejo dois triângulos amorosos na história...
— Calma no Brasil, nobres investigadores! Vocês não sabem que tem contravenção na jogada?
— Tem, mas...
— Disputa por pontos de bicho, meus amigos. Ou vocês não estão levando em conta que a vítima, a Vanda, estava tomando no peito os pontos todos que foram do Anicetto Rapozzo?
— É... É uma outra linha de investigação.
— E vocês não sabem que o tal do Juvenal, fundador da escola, era afilhado e herdou um bom pedaço do Rapozzo?
— Faz sentido, faz sentido...
— ?!

— Mas pera aí! Quem era o amante no crime de Sapopemba? Quem era o pai da menina morta e incendiada? Quem sabe se ele não foi às forras?
— É verdade! Faz todo sentido.
— Mas tem o pelego também, o tal do Pádua...
— É verdade, é verdade...

12. Políticas

— É, caboclo! Tá o maior frege lá embaixo. Não se fala de outra coisa.

— Quer dizer que o negócio agora é pra valer.

— É, mano velho! Primeiro, tiraram o Flávio do Salgueiro e botaram lá um italiano. Depois, esse italiano saiu e entrou o Servan, do Depois Eu Digo. Então, foi aquele jornalista, o tal do Enfiado. E aí veio Mano Elói.

— Cinco presidentes em menos de quatro anos. Pode uma coisa dessas? Eu, hein, Rosa?!

— O Elói pelo menos é nosso, é do samba, da curimba.

— Mas o Elói agora é vice. Presidente é o Antenor.

— Que também é nosso.

— Mas é muita política, compadre! Muito olho grande. Todo mundo quer mandar, todo mundo quer entrar na marmita.

— E no final quem manda mesmo são os grandões, os bacanas. É major, coronel, vereador, deputado... E quem não é da igrejinha, capanga ou cabo eleitoral...

— Depois que o governo resolveu se meter no Carnaval...

— A única coisa boa é que agora o governo dá um dinheirinho, uma subvenção, né?

— Antes, era tudo com nós mesmos e dava certo. Agora, é Prefeitura, União, Federação, é esse bafafá.

— Os vermelhos já estão de olho, também. Noutro dia mesmo foi uma turma deles lá na escola. Tinha jornalista, doutor, professor. Chegaram lá, comemoraram, beberam, fizeram discurso... Mas dizer uma coisa lá no livro de ouro, ninguém disse.

— Comunista é tudo duro, compadre! Eles querem é se encostar na gente. No ploletariado, como eles dizem.

— Vermelho, pra mim, só América, mano velho! Olha só a melodia: Valter, Vital e Cachimbo; Oscarino, Og e Possato; Lindo, Carola, Plácido, Mamede e Orlandinho.

— Cambada de perna de pau, de feridas. Time é o Vasco, meu camarada!

᎐᎐᎐

O ambiente do samba era muito visado. E isso por causa dos maus elementos, dos vida torta. Não estou falando dos valentes, dos bambambãs, não; porque estes tinham lá seus motivos... Valentia é o momento do homem na sua razão, compreendeu? Eu falo é dos brabos, mesmo, que viviam à margem da sociedade. O tal do Seu Euzébio era um deles.

Imagina o senhor que um dia deram um flagrante nele, no Armazém 12, na plataforma de dentro, preparando cigarro de maconha pra vender. Veja o senhor: no próprio local de trabalho e na hora do expediente!

Os fiscais da Polícia Portuária foi que fizeram o flagrante e deram voz de prisão a ele. Tinha vinte cinco cigarros prontos, já feitos, e um pacote com a erva:

— É pra uso próprio, Doutor!
— Já te manjo, crioulo! Já estou na tua campana há muito tempo. E dobra essa língua que eu não sou amigo de vagabundo.

— Eu sou trabalhador, autoridade! Sou arrumador, sou sócio da Resistência.
— Quer dizer que tu, além de marginal, é comunista, é? Quem te fornece a muamba?
— Quem trouxe foi um conhecido meu, que é taifeiro.
— Qual navio?
— Itamarati...
— Veio do Norte, então? Essa é da boa, né?

Na Costumes, já preso, ele contou outra história, deu uma de "João sem braço". Mas não teve jeito: foi enquadrado no artigo 33 do Decreto 891. E condenado a um ano e pouco de cadeia. Só que, lá dentro, na tranca, se meteu em mais confusão e acabou ficando quase dez anos. Era brabo mesmo! Não valia nada! Mas a tal da Vanda amansou ele. Não sei por quê. Vai ver que era pra ter ele, já velho, como escravo, passando por marido. Não sei pra quê! Ela, malandra do jeito que era, devia ter lá suas razões.

༄

Como eu ia dizendo, o problema todo foi que o samba começou a dar dinheiro, meu patrão. E, quando não dava dinheiro, dava força política, que chama grana também.

De formas que onde tem dinheiro, logo, logo, os moços bonitos se intrujam e tiram os crioulos da jogada. Isso é sempre, em qualquer lugar. E com o samba não foi diferente. Quer ver só uma coisa? Direitos autorais. O amigo sabe o que é, não? Claro que sabe. Um homem estudado assim como você...

Vocês podem até estar achando que eu sou um desses camaradas metidos a entender de tudo, né? Mas não é isso, não!

Minha vida toda foi no samba, no ambiente da música. E eu sempre procurei me esclarecer, me informar. Esse negócio de direito autoral, por exemplo. É um troço enrolado. Mas eu procurei saber. Com quem sabia.

⚜

O caso é o seguinte. Acompanha comigo o raciocínio.

No Brasil, a primeira sociedade arrecadadora foi a Sbat, fundada em 1917. Onze anos depois, em 1928, essa Sbat, obrigada pela chamada Lei Getúlio Vargas de direito autoral, começava também a arrecadar e distribuir, mal e porcamente, os direitos dos compositores de música. E, por isso, o pau lá dentro quebrou...

— *Senhores, esta é uma sociedade de autores teatrais! Temos em nosso seio figuras da estatura de um Viriato Correia, de um Bastos Tigre, de um João do Rio. Como então vamos admitir no nosso convívio o "povo da lira", os capadócios, a gentalha dos ranchos, dos blocos, dos subúrbios, a negrada dos morros e dos cortiços?*

— *Ilustre colega, a canção popular pode não ser algo meritório, do ponto de vista da criação intelectual. Mas pode redundar em crescimento para nossa sociedade. Os direitos de música daqui a algum tempo podem render um bom dinheiro!*

— *Bem... Que eles entrem. Mas que venham compostos, limpos, sóbrios, sem abrir muito a boca, por causa do bafo... E sem direito a voto.*

Mas — o senhor sabe como é, né? — a desconsideração e o pouco caso vinham de tudo quanto era jeito. Então, os compositores começaram a reagir. Mesmo porque, entre eles, já tinha gente de paletó e gravata, filhos de boas famílias. Só que, nessa lenga-lenga, puxa daqui puxa de lá, muitos anos depois, em 1937, o Vice-presidente da Sbat, Paulo Magalhães, perdeu as estribeiras e meteu o pé na bunda dos compositores. Aí, a coisa ficou feia.

— E agora, Valparaíso?
— Ora, Carlinhos, nós temos do nosso lado os editores. O Provoletti e o Carnevale são nossos. E o Mister Runaway, esse funcionário americano que está aí, diz que está disposto a nos ajudar. Com dinheiro, inclusive.
— Mas... dinheiro do estrangeiro, Val? Do Departamento de Estado americano?
— Besteira, Alberto! O que que tem? Dinheiro tem nacionalidade?

Esse Mister Runaway, inclusive, parece que esteve lá na Portela, naquela noite do Valdísney. Lembra? Eu já contei essa história... De formas que, aí, acabou sendo fundada a Associação dos Compositores... Na época, nenhum de nós sabia nada disso. E, mesmo eu, que estudei um pouquinho, não tinha capacidade pra entender essas manobras. Mas eu, além de procurar me informar, tenho um amigo jornalista, por nome Tinhorão, sabe quem é? Pois, então. O Tinhorão me botou por dentro dessas jogadas todas.

༺༻

O caso é que a Sbat sentiu o peso e chiou, botou a boca no trombone. Mas na diretoria tinha Chiquinha Gonzaga, aquela veterana que fez o "Abre alas que eu quero passar" pra aquele cordão lá do Morro do Andaraí. Dona Chiquinha, embora tivesse morrido em 1935, ainda frequentava a Sbat e mandava à pampa na diretoria. E lá, praticamente só ela — e garantida agora em sua eternidade —, dava força pro pessoal do morro.

— O fato é que estamos perdendo dinheiro, meus senhores. Por causa de alguns "aristocratas" que temos aqui dentro...

O espírito de Dona Chiquinha não era brincadeira, não! Era fogo na roupa. Mas a reação a ela era forte. Os espíritas — e havia muitos lá nessa época — respeitavam ela. Os que não acreditavam, sabe como é, né, sacaneavam, chamavam ela até de "Chica Polca", pra debochar. Mas por trás. Porque, pela frente, era aquela falsidade...

— *Senhora Maestrina! Nós, inclusive a senhora, embora já em outra dimensão, somos a aristocracia. Somos uma elite artística e intelectual. E, como tal, não poderíamos agir de outra forma.*
— *Sim, está bem, nós somos uma... elite, como diz o ilustre poeta... mas a música já começa a arrecadar um montante considerável. Os nossos autores, que antes escreviam canções exclusivamente para o teatro, hoje já começam a preferir o disco e o rádio.*

A verdade era essa. Os discos, mesmo aqueles bolachões, gravados de um lado só, já começavam a vender bem. O rádio já começava a ser um grande meio de divulgação da música. E, nessa, os vivaldinos procuravam um meio-termo uma solução lá e cá.

— *Por que, então, nós não trazemos, de novo, os melhores da Associação pra Sbat? É só oferecermos melhores condições, mais vantagens.*
— *Nós temos conosco todas as representações estrangeiras. Não há o que temer. É só cobrarmos direitos mais barato. Eles não vão aguentar.*
— *E podemos também orquestrar uma campanha de descrédito. Isso sempre funciona.*

Foi nesse dia, e por causa da pilantragem, que Dona Chiquinha cantou pra subir, mesmo, e nunca mais apareceu. Era briga de foice no escuro! E, nessa, a Associação, diante da grana e da influência da Sbat, quase que dá com os burros n'água, quase que vai pra cucuia.

Até que, se aproveitando de um arranca-rabo, de um desentendimento que a Sbat teve lá com a sociedade americana, que ela representava aqui, uma corriola de famosos compositores, só quatro, mas tudo cobra-criada, fez lá um cambalacho e conseguiu pra eles a representação dos americanos. Aí os malandros — esses sim, é que eram "bambas"! — chamaram lá o pessoal da Associação e fundaram a Aliança, que está aí até hoje.

&

Uns três anos depois, tudo se acerta: a Sbat fica com os direitos do teatro, que até hoje eles ainda chamam de "grandes direitos" e a Aliança fica com os "pequenos direitos", os da música popular. O mais engraçado disso tudo é que o pessoal do Estácio, do Salgueiro, de Mangueira, de Fontinha, o pessoal que começou mesmo com o samba, foi sendo tirado de jogada. E isso principalmente depois que morreu o Noel. Esse botava o pessoal do morro na cara do gol. Mas os outros... Hummm. Então, sambista agora, no rádio mesmo, era tudo bonitão e de gravata.

— *Olha aí, pessoal! A direção da Rádio tem um recado importante pra vocês, sobre a programação do Carnaval.*
— *O senhor manda e não pede, Seu Frias.*
— *Nesta época, chega muita baboseira aqui, pra gente tocar. Ano passado, por exemplo...*
— *Como de fato...*
— *Nós não podemos aceitar mais isso: músicas com grosserias, palavreado chulo...*
— *Palavreado chulo, como?*
— *Essas coisa de morro, de barraco, de valentia... Você sabe...*

— Mas isso é do samba!
— Não! Samba não é mais essa lama fedorenta que desce lá de cima, na enxurrada.
— Mas... Seu Frias, samba autêntico é assim mesmo!
— A não ser que tenha alguém levando bola pra tocar.
— Que que é isso, Seu Frias! Faça-me o favor!
— Música, na nossa rádio, tem que falar um português de casa de família, e não de birosca. Aqui não é Favela, Querosene ou São Carlos.
— Como é que a gente vai fazer? A gente não pode escorraçar o pessoal do samba. Eles vêm aqui e...
— Então? O nosso ambiente não pode ser frequentado por esses elementos mal-encarados, malvestidos, fedendo a parati. A classe radiofônica não é isso. Quer um exemplo? O Paulo Werneck faz sambas ótimos e é um moço alinhado, de boa família.
— Mas o samba que ele faz é diferente.
— Pois é isso! O que a direção da Rádio quer é tirar daqui de dentro esses malandros da Praça Onze, esses macumbeiros, esses analfabetos.
— Essa gente foi que inventou o samba, Seu Frias.
— Tá bom! Mas, agora, chega! Agora acabou a brincadeira. Veja só: Ari é advogado... Saint-Clair é dentista... Jorge Fernandes é arquiteto... Paulo Roberto é médico... Lamounier é bacharel também. E, mesmo entre os sambistas, temos gente de boa família como o Mário Reis, que é alto funcionário; Castro Barbosa... Tivemos o Jonjoca... Esse é que é o ambiente do rádio. De gente elegante, que sabe comer de garfo e faca, que sabe entrar e sabe sair. Esse é o rádio que nós queremos.

De 1929 a 1937, quem mandou no samba do rádio foi Noel Rosa. Mas esse era diferente: se misturava com a gente, bebia com a gente, gostava do que a gente fazia; e até tinha companheiros nossos como parceiros. O Cartola de Mangueira foi parceiro dele; Ismael do Estácio; Paulo da Portela; Canuto e Antenor Gargalhada, do Salgueiro; Manuel Ferreira, da Serrinha; o Ernani Sete, de Ramos... tudo foi parceiro dele.

Noel podia ter lá seus defeitos, mas, que eu saiba, nunca humilhou nenhum de nós!

༄

De formas que o ambiente do samba era muito visado. E ficou mais ainda quando o samba começou a dar dinheiro.

Foi aí, meus amigos, que nasceu esse negócio de "samba de morro" e "samba de rádio", samba de meio de ano e samba de Carnaval. Os crioulos do samba só tiveram mesmo algum sucesso entre 1935 e 1942, pode ver. Daí em diante, babau! Teve nego até indo lavar carro pra poder comer. Nessa, o Mário — não me conformo com esse nome —, nessa, ele começou a descer a ladeira.

Foi aí que, numa ocasião, o Arnô encontrou com ele na Praça Mauá e me contou. Disse que passou por ele e não reconheceu, de tão magro que ele estava. E tossindo.

Arnô, então, voltou pra conferir. Era ele, sim.

— *Mário de Madureira!*
— *No requebrado e nas cadeiras!*
— *Como é que vai essa força, cabo velho?*
— *Como a carne da pá: um dia, boa; e outro dia, má.*
— *Tu não tá me reconhecendo, né?*

Diz que, nessa, ele teve lá um acesso de tosse de uns três minutos. Aí, engoliu o produto, tirou o lenço, limpou a boca, respirou fundo, cansado, e retomou a conversa.

— *Tu é o Arnô, bom jogador e sedutor.*
— *Isso. E tu? Tá constipado, mano?*
— *É, garoto... A brasileira me pegou. Galopando.*
— *Mas tá se tratando, né?*
— *Vou rolando. Tô tomando sumo de saião com leite, erva-de-santa-maria, mel com agrião... Daqui a pouco, isso passa.*
— *Tem que ter cuidado com o sereno, meu truta!*

Arnô disse que, nuns quinze minutos de papo, ele teve mais dois acessos de tosse. E que, no último, ele chegou a cuspir um raiozinho vermelho no lenço.

Aí, foi embora, andando devagarinho, os ombros curvados, o colarinho frouxo, o paletó engolindo ele, e a bolsinha do tamborim debaixo do braço.

Naquela ilusão de ser "artista", acabou indo tocar no rádio, pra ganhar uns trocados. Mas tocar tamborim. Que era, naquela época — esse, sim, e não o violão — instrumento de vagabundo. Entendeu, meu patrão?

Oscar das Dores, o antigo "Cazinho do Estácio", esse era mais escolado e tinha aquelas outras virações, que a gente sabia. E a Isaura — tadinha! —, verdade seja dita, cuidava direitinho lá das coisas dele e não deixava faltar nada. Se ele, de vez em quando, dava lá uns tabefes nela, isso era problema dos dois. Tem mulher que gosta, né? E ela, coitada, sempre foi uma criatura muito bobinha, sem maldade...

Quem não valia nada era a outra!

꧁

Mas é claro que nem tudo era isso. Em qualquer ambiente, tem gente ruim, mas tem gente boa também, não é mesmo?

O Djalma, filho do Seu Pio, era operário e estudava de noite. E se diplomou em contabilidade pela Academia de Comércio.

A Ruth, sobrinha do Argemiro, se formou como auxiliar de enfermagem e foi trabalhar no pronto-socorro. Dizem que muito médico pedia conselho a ela.

O Jorge Mendonça era um torneiro de mão-cheia. E se aposentou como chefe-geral da Mecânica na Casa da Moeda. Tinha só o primário, mas sabia mais do que muito engenheiro formado.

Tinha muita gente de bem, de cabeça boa. Muitas vezes, faltava era oportunidade.

13. Guerra

Bom... Aí, veio aquilo que todo mundo sabe. A cobra fumou lá na Itália e, passados uns três anos, já estava o Brasil na guerra também. Então, não sei lá o que deu na cabeça do Arnô que ele resolveu se alistar. Maluquice, não é? Parece que alguém encheu a cabeça dele com aquela coisa de que guerra era sopa, que ele ia ganhar muitos dólares, que ia se dar bem lá com as louras, aí ele foi. Não sei bem se o motivo foi esse. O que eu sei é que as coisas lá entre ele e aquela dona parece que já estavam complicadas. Pelo que eu soube, ele já andava lá fumando um fumo diferente, e com a cabeça meio virada por causa disso. De formas que ele foi.

Mandou umas três cartas pra mim, que até hoje eu guardo, porque são documentos... — como se diz — históricos, né? O malandro tinha pouca instrução. Mas, descontando a falta de pontuação e as batatadas que ele escreveu, e decifrando direitinho o que ele queria dizer, até que é muito interessante. Vê só!

Chegamos com mamão na frente outratraz so um mez dipois que nós recebemo armamento material tudo metraladura bronhe fuziu ispringuifiu di ferrolho 5 tiro obuz 105 e 155 tudo novinho...

Engraçado, né?

Setembro foi nosso primero contrato com o zalamão o cesto RI tomou masaroca oeste de Luca de pois camaiori no norte e depois monteprano.

Essa tá difícil, né? A muito custo, eu descobri que são os nomes dos lugares onde os pracinhas lutaram. "Masarosa", que é um lugar lá, ele chamou de "masaroca". Vê se pode?

Novembro chegou o resto dos pracinha nosso o generau Mascaranha demoro mas tomou a frente e a porreta treme perto do baluarte montecastelo frio 20 grau baixo de zero.

Depois dessa terceira carta, não veio mais nenhuma. A gente só lá naquela expectativa, sem saber direito o que tinha acontecido com o Arnô, e com aqueles outros companheiros ou conhecidos que foram pra lá.
Os amigos, é provável que não saibam, mas a maioria dos pracinhas que foram daqui e lá pra Itália era gente dos morros, das favelas, do subúrbio. Gente fraca, mal alimentada, mal agasalhada, passando lá aquele frio. Até internos do SAM, que tinham acabado de fazer dezoito anos, foram. Feito bucha de canhão. Os filhinhos de papai, os moços bonitos, esses foram saindo de fininho quando começou a convocação. Aí, sobrou pra nossa rapaziada. Só o Regimento Andrade Neves tinha pra mais de trezentos neguinhos.

O Rob Marujo se entusiasmava, contando. Mas o negócio dele era os "bróder", como ele dizia.

— Ah! No Exército Americano, tem um regimento de Infantaria só de crioulo. Lutou na França por mais de seis meses, sem parar, e ganhou todas as batalhas. Teve até um soldado que foi o primeiro americano a receber a Cruz de Guerra, a maior medalha do governo francês.

— *Era preto?*
— *Era, rapaz! E sabe como era o nome do regimento? Não? Harlem Hell Faiters.*
— *O que que quer dizer?*
— *Os lutadores do Harlem no inferno! Formidável, não é?*
— *Cheguei até a arrepiar, Marujo.*

Já os nossos, muitos voltaram variando das ideias, com neurose de guerra, falando "baluarte", "bombardeado", essas coisas. Mas veio gente inteira também, e aí — não era pra menos — foi festa.

Seu Braz Lopes, um senhor muito distinto lá do Irajá, por exemplo, fez uma festança, que durou três dias, com *jazz band* e tudo, quando o filho dele voltou, com saúde. Mas muitos ficaram por lá, e depois foram homenageados como heróis naquele tal do cemitério de Pistoia. E o Arnô foi um deles.

❦

Dizem que uma desgraça nunca vem sozinha. A gente nem bem tinha acabado de perder o Arnô, outra bomba caiu em cima dos Irmãos Unidos.

Lelinho estava morando em Cascadura, melhor de vida e cheio de esperança. Trabalhando no teatro.

Cá pra nós, ele tinha mudado muito também. Ficou esquisito, cheio de moda, se achando melhor que a gente. Aí, se afastou, arranjou outras amizades. E eu pensei: quer saber de uma coisa? Cada um com o seu cada qual. E deixei ele de mão. Ele agora era artista de teatro.

Engraçado é que, naquela época, os maestros do teatro achavam que todo preto tinha voz grossa. E isso era por causa do Paul Robeson, um cantor americano de muito sucesso no cinema, que tinha um vozeirão que ia lá embaixo e cantava num bote.

Aí, os compositores de teatro começaram a fazer "música de escravo", pros pretos cantarem com aquele vozeirão. Foi aí que veio "Funeral do rei nagô", "Terra seca", "Banzo", esses folclores. Então, os crioulos de voz grossa, com voz de baixo... É... tenor, barítono e baixo... Baixo é o mais grave.

De formas que, então, aqueles que conseguiam dar aquela nota lá embaixo, se davam bem no teatro. Como foi o caso do Militão. Militão da Encarnação.

Diz que um dia ele bateu palmas numa casa que ele foi visitar e ninguém ouvia. Bateu de novo e ninguém atendeu, que ele batia palma fraquinha. Bateu de novo... Aí alguém lá de dentro da casa resolveu perguntar quem era.

Ele, então, cantou o nome, nota por nota, descendo, do dó de cima até o dó de baixo:

— *Mi-li-tão-da-en-car-na-ÇÃO!!!*

A última nota, no mais grave dos graves, soou como uma bomba. E a rua toda, assustada, abriu as janelas, pra ver que explosão tinha sido aquela.

༄

De formas que o Lelinho agora estava no teatro. Na mesma peça em que o Militão explodia aquele vozeirão, carregado num andor, vestido de "manicongo".

— *A peça tem por nome* Rapsódia de ébano. *É dividida em vários quadros: "Navio negreiro", "Funeral do rei nagô", "Cafezal", "Mondongó", "Candomblé"... É uma coisa linda!*

— *E você dança lá?*

— Claro! E eu ia fazer o quê? Por enquanto, estou lá no bolo. Mas eu sei que vou me destacar. Eu sinto que Seu Campos aprecia um bocado o meu pé de dança.

— Seu Campos?

— Pompeu Campos, o diretor. É de cor, mas tem estudo, é educado, fino; parece aqueles pretos de filme americano!

— E tem futuro isso, Lelinho?

— Mas é claro que tem! Seu Campos tem planos de viajar com a companhia. Ele diz que nós temos que ser igual ao Balé de Katherine Dunham!

— Ahn?

— É uma companhia americana, que só dança folclore. Folclore negro. E eu tenho certeza de que um dia ainda danço com eles.

— Mas... E aquilo que a Vovó Conga te falou? Tu tem que ter cuidado, rapaz! Olho grande é pior que trombada de trem. E tu é muito invejado!

— Eu não acredito nessas coisas.

Foi em Cascadura, num dia de chuva, de manhã. Na véspera, Lelinho tinha comprado um sapato novo, desses com chapinha na sola, e tinha feito o maior sucesso num baile na Piedade, no Clube River. No meio do baile, o jazz parou, o locutor anunciou e ele entrou, dando aquele espetáculo de sapateado americano. No sapateado, o nome dele era "Mr. Lellis". Mas ele podia, né? Lelinho era um bailarino de mão-cheia, não era qualquer um, não! Então foi aquele chuá. Choveu palmas. E ele saiu de lá consagrado. Tão consagrado, e tão agradecido ao sapato novo, que no dia seguinte resolveu ir pro trabalho com ele.

Como vocês sabem, subúrbio sempre foi sinônimo de trem. Tanto pro bem quanto pro mal.

O trem era assim uma espécie de deus e monstro, como aqueles dos filmes. Em que o elemento ia lá, aos pés dele, e oferecia a filha virgem, num ritual, num sacrifício.

Porque muito filho do subúrbio foi comido pelo trem, perdendo a vida ou ficando aleijado. Como foi o caso de muitos que eu conheci.

Naquela época, depois de Dona Clara, a Estrada de Ferro ainda não tinha muro. E a gente, quando ia passar de um lado pro outro dos trilhos, na Fontinha principalmente, tinha que ficar esperto. Porque não tinha nem cancela nem sinal; e também porque ali era uma curva. Tinha que ficar esperto e de ouvido apurado, porque quase sempre o trem vinha zimpado, na toda, e quando a gente ia ver ele já estava em cima.

Então, se você atravessasse distraído, de repente... Era aquela batucada dos diabos, de ferragens desconjuntadas, engrenagens, pistões, cilindros, das rodas, moendo carne nos trilhos...

Mas, com Lelinho, foi o bonde. Que era um monstro também.

De formas que, no dia seguinte do baile, ainda com o sapato novo, tava ele lá, ainda recebendo os cumprimentos, já atrasado, e quase que ia perdendo o 74 do horário dele. O bonde já saindo, ele se jogou, cheio de estilo, naquele jeitão dele. Só que o balaústre estava molhado da chuva, a mão deslizou, o pé escorregou no estribo e o corpo rolou pra baixo das rodas do bonde.

Gente gritando, o motorneiro sem entender nada, o condutor que nem um maluco, até que o bonde parou. Lelinho foi levado pro pronto-socorro, com as duas pernas esfrangalhadas, balançando assim feito dois molambos. Chegou lá, os médicos não tiveram outro jeito: vapt! Amputaram as duas, acima do joelho.

Lelinho acabou ali. E abandonado até pelo... Pelo cognominado.

14. Gurufim

Eu não estava lá, que eu tenho vergonha na cara. Mas eu soube que, por volta das seis horas da tarde, o Argemiro, que era muito prestativo, saiu avisando aos conhecidos que Mário de Madureira, "no requebrado e nas cadeiras", estava nas últimas.

Diz que, como sempre, a casa foi se enchendo, principalmente de gente curiosa. Dali a pouco, botaram lá a vela na mão dele e ele entregou a alma.

Aí, chamaram o médico, que veio, examinou e deu o atestado de óbito. Então, vestiram, amarraram o queixo, cobriram e levaram o corpo pro sofá da sala, onde ficou até chegar o caixão.

— *Morreu como um passarinho!*
— *Foi-se consumindo aos poucos.*
— *E quase que nem dava tempo de pôr a vela na mão dele. Quando a gente viu...*
— *Ai, meu Deus! Meu irmãozinho!*
— *Se conforma, Eunice!*

Tem gente que morre urrando, revirando os olhos, custando a dar o último suspiro. Aí, deixa a família mais impaciente do que triste, não é mesmo? Mas ele, não! Dizem que fez a passagem tranquilo, como se tivesse pego no sono.

Mas mesmo assim teve mulher lá que deu ataque. Uma caiu junto da cama, outra no corredor, outra guinchava e se debatia, rolando pelo chão.

— *Ah, meu Deus! Eu quero ir com ele!*
— *Calma, Jussara!*
— *O que será de mim, meu Deus do céu!*
— *Calma, Jussara! Toma aqui uma água com açúcar!*
— *Que água com açúcar o cacete! Eu quero é uma Brahma, porra! Aaaiiiiiiiiiiiiiiiii ! Que dor!!!!!!!!!!!!*

Isso era costume. Naquela época, enterro que não tivesse mulher histérica dando ataque não era enterro.

Os conhecidos, à medida que iam sendo avisados, iam logo chegando. Entravam, rezavam, suspendiam o pano pra olhar a cara do finado. Davam os sentimentos à viúva e saíam. Ou ficavam, contando o sinal que receberam.

— *Engraçado que essa manhã, quando eu acordei, meu chinelo tinha virado de boca pra baixo. Eu sabia que vinha má notícia.*
— *Lá em casa foi a criação. Ontem, no galinheiro, os pintinho estavam tudo de asa caída...*
— *Sinal, mesmo, não é?!*

Eu só cheguei perto mesmo quando ele já estava vestido, com o queixo, os pés e as mãos tudo amarrado, e o corpo composto. E aí comecei a organizar o gurufim.

Vocês sabem o que é um gurufim? Não?

Ah! Era uma brincadeira que a gente fazia pra se distrair e passar as horas do velório, de madrugada.

— *O que é o que é? Cai em pé e corre deitado?!*
— *É chuva!*
— *Não! É otário saltando do bonde andando.*
— *Agora, me diz: o que é o que é? Entra mole e sai duro?!*
— *Eu, hein, Rosa? Hummm...*
— *É macarrão, seu trouxa!*

Tinha adivinhação, histórias de assombração, a gente passava o anel na mão fechada das moças pro camarada adivinhar em que mão estava... E tinha os comes e bebes também.

— *Opa! Sanduíche de "mortandela"!*
— *É presunto, Otacílio. E não é "mortandela" que se diz. É "mortadela". M-o-r-t-a. De "morte".*
— *Cruz credo! Sou mais um salaminho.*
— *Olha o café, gente. Quentinho. Acabei de coar.*

A gente jogava sueca, dominó, tudo pra não dormir. E aquilo acabava virando uma festa. Com muita cachaça.

— *Gurufim por aqui já não está.*
— *Foi pro mar.*
— *Gurufim será que tá com fome?*
— *Gurufim não come.*

Não tenho certeza, não, mas parece que esse nome "gurufim" vem de "golfinho". Seu Braz Lopes, que era muito cabeça nesse negócio de origem das palavras, é que dizia. Que golfinho é o mesmo que boto; e boto é um bicho cheio de mistério, não é mesmo? De "golfinho" — ele dizia —, ficou "gorfim"; e aí foi mudando, mudando e chegou a "gurufim". Deve ser coisa de africano, do tempo da escravidão. E essa cantiga que diz "gurufim foi pro mar", não sei, não. O que eu sei é que era uma coisa muito animada. Tanto que tinha aqueles camaradas que eram os animadores.

É claro que o Mário de Madureira não era nenhum Mário Reis, nenhum Francisco Alves, nenhum Carlos Grey. Mas, verdade seja dita, era um artista. E, pro povo humilde, do subúrbio, do samba, um artista de rádio, naquele tempo, valia mais que um pintor, um escultor, um escritor. Igual, só jogador de futebol.

Aliás, até hoje isso ainda é assim. Quando o sujeito morre, não importa se o elemento foi bom filho, bom pai, bom irmão, bom chefe de família. O que importa é que ele era artista. Artista do rádio, da televisão. E todo mundo tem que ir lá. Até como pretexto, pra desespero das mulheres ciumentas.

— *Que roupa é essa aqui na cama, meu senhor?*
— *É minha, ué! Eu comprei.*
— *Com que dinheiro?*
— *Um dinheirinho aí, que eu ganhei numa parada.*
— *Custou caro, né? Linho S-120, camisa de palha de seda, sapatinho de salto carrapeta...*
— *Vou pagando aos pouquinhos, Rosalina.*
— *Vai estrear quando?*
— *Hoje, ué! No enterro do Mário, criatura!*
— *Mas você não me falou nada!*
— *Vou com a minha ala. Só vai homem.*
— *Ah, é? Mas eu acho... que não vai, não!*

— *Rosalinaaa!!! Que que é isso? Deixa essa roupa aí!*
— *Não vai mesmo!!!*
— *Rosalina, vem cá! Me dá minha roupa!*
— *Cachorro!!!*
— *Dona Maria! Tia Dina! Filomena! Rosalina tá maluca! Segura ela aí!*
— *Quero ver tu ir pra farra, safado! Vai de camiseta!*
— *Rosalina! Meu terno! Minha camisa! Nããão!!!*
— *É, sim! Na vala!*
— *Meu pisante novinho, Rosalina!*
— *Pisante? Olha aqui, ó! Eu é que piso nele! Toma! Toma! Toma!*

O Nonô era um camarada pacato, calmo. Mas naquele dia... Meu Deus do céu! Não teve defunto, não teve velório, não teve nada.

A Rosalina levou um pau, uma tunda, uma piaba... Vocês nem imaginam!

⁂

Mas, como eu ia dizendo, o enterro estava marcado pras quatro horas. Mas, como a estirada até o cemitério era longa, às dez horas da manhã o caixão já estava sendo fechado. E dali a pouco já estava na rua, levado pelo seis primeiros balizas das principais escolas do subúrbio, todos paramentados, de luvas e cabeleiras, os leques nas mãos desocupadas.

Naquele momento, os sinos das Igrejas do Sanatório, de São Luiz Gonzaga, de São José da Pedra, do Cristo Rei, da Apresentação e de todas as paróquias da antiga Freguesia de Irajá começaram a repicar ao mesmo tempo. Foi uma coisa muito bonita!

Então, o cortejo partiu. E as ruas, da Fontinha ao Cemitério, desde a noite, estavam apinhadas de barraquinhas vendendo salgados e comidas, e camelôs vendendo lembranças. Claro que era um exagero, porque o Mário não era um Ismael do Estácio, um Nilton Bastos, um Cartola de Mangueira, um Paulo da Portela. Mas... sabe como é, né? Com as rádios fazendo aquele estardalhaço, os jornais tirando edições seguidas desde a véspera, o povo foi se animando.

E não foi só o povo, não! Até os quartéis, as escolas, os ginásios.

No Campinho — e o Cabo Honório, que era de lá, foi quem fez o roteiro —, os soldados do REC-MEC estavam formados quando o cortejo passou e deram uma salva de 21 tiros, veja você!

No Colégio Arte e Instrução, os alunos, em uniforme de gala, sussurravam, em surdina, "à *bocca chiusa*", como eles diziam, a "Marcha fúnebre". No Souza Marques, o cortejo deu uma parada. O tempo suficiente pro ilustre fundador e diretor fazer um sentido discurso mesclando citações do evangelho com poemas de exaltação à negritude.

Já no centro de Madureira, as lojas todas de portas arriadas, o representante da Associação Comercial entregou pessoalmente a belíssima coroa, que se somou às outras quinhentas e sessenta e oito carregadas num caminhão.

No ponto final dos bondes 97 e 98, motorneiros e condutores também prestaram sua última homenagem, fazendo um múltiplo e estridente "tlim-tlim" ("um pra Light e dois pra mim") nos relógios que registravam as passagens cobradas.

Até que, em frente ao campo do Cajueiro, com surdos e caixas emprestados, com muitas recomendações, pelo Colégio Republicano, a bateria dos Unidos da Tamarineira executou o rufo mais longo de toda a sua história.

Nessas alturas, já era mais de meio-dia, e como o sol estava derrubando, peguei o lotação do Barriga, no Largo de Vaz Lobo, e fui direto pro cemitério.

Umas duas horas depois, o surdo marcando o compasso da tristeza geral, chegou o enterro e seu acompanhamento. O Distrito

Federal, todinho, estava lá no Irajá. Mais de cinquenta mil pessoas, pelos cálculos da Polícia. Políticos, contraventores, artistas, jogadores, macumbeiros, prostitutas, aleijados, ambulantes... Tinha de tudo!

Ah! Ia me esquecendo: o Doutor Pedro Ernesto não era mais prefeito. Mas fez questão de organizar tudo e pagar. Do próprio bolso.

ꝏ

Eu acompanhei tudo debaixo daquela mangueira, que fica lá no alto, majestosa, no morrinho da igreja. De longe, vi o Lelinho, coitado, naquele carrinho que ele passou a usar depois do desastre. Não era cadeira, não! Era um carrinho mesmo, um caixote com rodas, daquelas de rolimã. Que coisa triste, meu Deus!

E vi quando a Isaura passou, de braço dado com o tal do Oscar das Dores, coitada!

Estava muito bem-vestida, toda de roxo, sapato de salto alto, amarelo, bolsa combinando, e fumando de piteira, amarela também. Aliás, ela sempre soube se vestir!

Os dois passaram pelo Lelinho, que esticou o braço e disse alguma coisa. Aí, eu vi que o Oscar deu meia trava, tirou alguma coisa do bolso do paletó — uns níqueis, com certeza — e deu pra ele. Mas então, sem que se soubesse por que, ela caiu com a mão no peito.

Eu fiquei, assim... abobalhado, sem saber o que fazer. Então, olhei pra trás, procurando uma explicação.

Foi quando eu vi um caboclo assim da minha cor, da minha altura, de terno branco e camisa de seda amarela, igual à minha; de chapéu palheta igual ao meu, saindo apressado, guardando o trabuco na cinta. O camarada era eu. Escritinho!

Então, naquele nervoso, quase tendo um troço, fui tomar uma cerveja numa barraca, onde tinha um pessoal tocando e cantando.

Eles estavam tão entretidos no samba que nem viram o crime. E nem viram a hora passar e a noite chegar. Nem eu também.

Quando dei por mim, olhei pelo muro do cemitério e vi o dia clareando, lá pros lados de Cordovil, Brás de Pina. E os camaradas, nem aí...

Foi quando eu prestei atenção ao samba. Peguei bem no verso, que era assim, ó:

> "— *Lá vem a aurora rompendo*
> *e a lua triste descamba*
> *Ela vai com saudade de deixar o nosso samba...*
> *E lá na floresta a passarada a nos saudar*
> *E a fonte distante a cantar*
> *Chuá-chuá, minha iaiá...*"

⁋

De formas que eles agora estão aí com esse enredo dos cinquenta anos. E ninguém teve a humildade de vir aqui falar comigo. Mas... quer saber de uma coisa? Foi melhor, sabe? Foi melhor. Samba é samba, e Carnaval é Carnaval.

Carnaval é ali embaixo: Presidente Vargas. Samba é aqui atrás, no São Carlos; lá em Oswaldo Cruz, Mangueira, Salgueiro, Serrinha...

Mas aqui dentro é outro papo! Aqui é Frei Caneca, é detenção, mas eu gosto.

Tanto que vim pra cá, tirei meu tempo... Mas... Sei lá... Acabei ficando. Faço uma coisa e outra, ganho um trocadinho aqui, outro ali... E vou levando.

Lá fora, é muita ilusão, muita fantasia... Muito riso falso, muita alegria de araque!

(Seropédica, 26/1/2011)

fonte Utopia Std
papel pólen natural 80g/m²
impressão Gráfica Assahí, agosto de 2023
2ª edição